露領近海

李孝石著

京城 同志社 發行

目次

都市와幽靈

어슴푸레한저녁 멧리를걸어도 사람의그림자하나차저볼수업는 무인디경인산꼴작비탈길 여호의밥이다되여버린 해골덩이가 쏠々구는무덤엽 혹은 비가축々이쌔리는버덩의 다쓰러저가는 물레방아싼 또혹은 멧백년이나묵은듯한 우중충한늡가ー

거긔에는 흔히 독개비나귀신이 나타난다한다。그럴것이다。고요하고 축々하고 우중충하고。그리고 그것이정축일것이다 。그러나 나는아즉도 그런곳에서 그런것을본적은업다。싸라서 그런것에판하야서는 아무지식도 가지々못하얏다。하나 나는――자랑이아니라――더놀나운유령을보앗다。그리고그것이 적어도문명의도시인서울이니 놀나웁단말이다。나는 그래도문명을자랑하는서울에서 유령을목격하얏다。거짓말이라구? 아니다。거짓말도아니고 환영도아니엿다。세상사람이말하야「유령」이라는것을 나는 이두눈을가지고 확실히보앗다。

엇덧든 길게말할것업시 다음이야이를 닑으면알것이다。

× × ×

동대문박게 상업학교가 가제될무렵이엿다。나는 날마다학교집터에「미쟁이」로단이면서 일을하얏다。 남파가리버젓하게 일명한로동을못하고 밤낫 쓰내기버리ㅅ군으로박게는 돌아단이지못하는나에게는 그래도몃달동안은 입에풀칠을할수잇섯다。 마는 파격한로동이엿다。 그럼으로 하로라도쉬어본일은커녕 한번이라도늣게가본적도업섯다。 원수가리지글〳〵타내리는 여름태양아래에서 이른아츰부터저녁때까지 감독의말한마듸거실이는법업시 고분〳〵히일을하얏다。 체로모래를처라 불가른태양아래에 샛감앗케타는석탄으로「노리」를살여라 세멘트에다 모래를석거라 그것을노리로반죽하여라 하야 쉴새업는긔계가티 휘돌아첫다。 그열매인지 선물인지는 알수업스나 우리들이다지는세멘트가 몃백간의벌집가튼방으로변하고 친구들의쟁〻울니는설소래가 여러충의 웅장한건축으로변함을볼때에 미상불 우리의위대한힘을또한번자랑하지안을수업섯다。 ——어리석은미련둥이들이라……(一行略)……。 엇던른코구멍이다 헉〻맥히는 세멘트가루를 전신에보얏케뒤집어쓰고 맥히한노린냄새와 더구나 전신을한바탕쏙싯처내리는 땀냄새를마트면서 원종일 들복가치고나면 저녁물에는 정말이지 전신이나른하얏다。 그래도 집안식구들을생각하고 세니써리를생각하면 마즈막힘이낫다。 일을맛치고 정신을가다듬어가지고 일인감독의

집으로간다。 삭전을어더가지고 그길로바로술집에가서 한잔빨고나면 그제야겨우 제세상인듯십헛든것이다。

술! 사실 술처럼고마운것은업섯다。 벗적〱상하는속 말할수업는피로를 잠시라도닛게하는것은 그래도 술의힘이엿다。

그날도나는 술김에얼근하얏섯다。 다른때와가티 역시 맨쑹무니에쩌러진 김서방파나는 삭전을바더들고나서자마자 행길엽 술집에서 만판먹어댓다。

술집을나와보니 발서 밤은쌔저무럿섯다。 잠을자도 한잠너그러지게잣슬판이엿다。 잠이라니말이지 종일피끈하얏든판에 주긔조차돌아노니 사실이지 글자대로 눈이스르〻내려감겻다。 김서방파나는 즉시잠자리로향하얏다。

잠자리라니 보들〱한 아름다운게집이기다리고잇는 분홍모긔장속 두름한요우인줄은알지마러라。 그럿타고 어둠침〻한 행랑방으로알나는것도아니다。 비록 빈대에는뜻길망정 어둠침〻한 행랑방하나 나에게는업섯다。 단지 내놈둥이하나인나는 서울안을 못돌아단일데업시돌아단이면서 로숙(露宿)을하엿든것이다。 (그래도그것이 여름이엿스니말이지 겨울이엿든덜 쏨짝업시 어러죽엇슬것이다) 쩌라서 세상에못볼것을 다 보고격거왓섯다。참말이지 별々야릇하고 말못할일이만헛다。여긔에쓰는이약이가튼것은 말하자면 그중에서 가장온당한이약이의 하나에지내지못한다。

엇더튼 김서방——도 임의느젓스니 행랑구석에가서 빈대에게 ᄯᅳᆺ기는것보다는오히려 로숙하기를 조와하얏다——파나는 도수장ᄭᅦ를지나서 동묘압ᄭᅡ지갓섯다。

어느결엔지 가는비가 보실〳〵ᄲᅮ리기시작하얏다。축々한 어둠속에 칙々한동묘가 그륜곽을감추고잇섯다。사방은고요하얏다。

「이놈들 게잇거라！」

별안간에 ᄯᅡᆼ에서솟은듯이 이런음성이들녓다。나는 ᄭᅡᆷ작놀나——는대신에 빙긋우섯다。

「이래보여두 한녀름동안을 이런데루댕기면서 잠자는놈이다。그럿케쉽게 놀내겟니」

하는 담찬소리를남겨노코 동묘대문ᄭᅦ로갓다。예긔한바와다름업시 거긔에는발서 우리써우의친구들이 잠자리를차지하고잇섯다。그래도 꽤넓은대문싼이지만 그속에그득하게 고기색기모양으로 오르々차잇섯다。이리로눕고 저리로눕고 허리를베이고 발치에코를박고 드르렁〳〵코를끌고。

「이놈들 게잇거라!」

「아이그 그넌……」

「이런경칠자식보게」

업치락뒤치락 련해련방 잠고대소리가뒤를니엇다。그러면 이쪽에서는

「술맛조라!」

하고 입맛을썩々다시는 사람도잇섯다。그바람에나도설녀서 어느결에 썩々다시랴든입을 쑥다무러버리고 나는 어이가업서 우스면서 김서방을돌녀보앗다。

「엇덕할려나?」

「가세!」

「가다니?」

「아 아무더래두 가자야지」

김서방역시 우스면서 두손으로 졸닌눈을비볏다。

「이세상에선 쌔른게첫재야。이 잠자리두 이젠 세가나네그려。허々々」

하면서 발굼치를 돌니려할때이다。나는 의례히닷처잇서야할 동묘안으로통한문이 엇전일인지 반쯤열녀잇는것을 발견하얏다。나는 압선김서방의억개를 탁첫다。

「여보게 저리로들어가세」

「어대루말인가?」

김서방은 시원치안은듯이 역시 눈만비볏다。

「저안으로말야 지금가면어델간단말인가 아무데래두쓸어저 한잠자면됏지」

「그래두」

「머。고직이한테 들킬싸바말인가? 상관잇나 그싸짓거 낼 식전에 일족이다라나면 그만이지」

그래도시원치안은듯이 머리를극는 김서방의등을밀치면서 나는 안으로들어갓다。

중문턱싸지들어서니 더한층 고요하얏다。여러해동안 버려두엇든 빈집터가티 어둠속으로보아도 길이넘는잡풀이 숩속가티욱어저잇고 낫에보아도칙々한단청이 어둠

에물드러 더한층우중충하고 게다가 비에저々서 말할수업시구중々한늣김을주엇다。똑바로말이지 청안에안치한 그림속에서 무서운장사가 뛰여내닷지나안을가하고생각할때에 머리씃이쥣빗하야지는것을 엇지할수업섯다。

거진 옷을적실만하게된 빗발을피하야 압뜰을지나 넓은첨하밋헤니르럿다。그자리에 그대로푹주저안저 겨우안심한듯이 숨을내쉬엿다。

그때이엿다。

「에그 저게뭔가이사람!」

김서방은 선뜻 나의팔을쌕잡엇다。그의 가르키는곳에 시선을옴진나는 새삼스럽게 놀내지안을수업섯다。별안간에 소름이쭉돗고 머리씃이 또다시 쥣빗하얏다。

불과몃간안되는 건너편정전(正殿)엽헤! 두어개의불덩어리가 번쩍〱하얏다。정신의탓이엇든지 파랏케보이는불덩이가 짱을휘々기다가는 훌적날고 날다가는써저버렷다。어대선지 또생겨서는 또날다가 또써젓다。

무섭잘라기로유명한 왕눈이김서방은 숨을죽이고 살녀달나는듯이 나에게로밧

작못렷다。

「하 하 하 하……」

나는보든것을 다 리해하얏다는듯이 활연히웃고 땀을빼지〃흘니고잇는 김서방을보앗다。

「밋첫나 이사람!」

오히려 화긔가버럭난김서방은 말솟도 채못맛첫다。

「하〃〃 속앗네속앗서」

「…………」

「속앗서 개똥불을보고속앗단말야 하〃〃」

「머 개똥불?」

김서방은 그래도못미덥다는듯이 그큰눈을 아직도회동구랏케쓰고잇섯다。

「그래 개똥불야 이거볼려나」

하고 나는 손에잡히는 적은돌멩이를 하나집어들엇다。 그리고 두어거름 저벅〃뜰압까지나가서 역시반짝어리는 개똥불을견우고 돌을던젓다。

하나 나는싸장놀낫다。돌을던지면 헤여저야할개똥불이 헤여지진커녕 요번에는도리혀 한군데모여서 움직이지도안코 그무슨정세를살피는듯이 고요히이쪽을노리고 잇지안은가!

나는 또 숨을죽이고 그곳을듸려다보앗다。오—그때에나는 더놀나운것을발견하얏다! 써젓다 또생진불에빗처 험수룩한산발과 뚝々지못한 흿구무레한자태가완연히들어낫다。그제야「홍 홍」하는 후렴업는 신음소래조차 들녀오는줄을아럿다。

「에그머니!」

나는 순식간에 달팽이가티오무러첫다。그리고또 붓그러운말이지만 겨우정신을 차렷슬때에 나는 동묘박 버드나무밋헤 쓸어저잇는 내자신을발견하얏섯다。사실 숨에서나 섀난듯하얏다。겻헤는 보나안보나 파랏케질닌김서방이 신장대모양으로 벌々썰고잇섯다。

밤이이식하얏는대 집으로 돌아가기도무엇하니 남어지밤을 동대문세가서 새우자고 김서방이예언하얏다。

비는 여전히ᄲᅮ리고잇섯다。 뒤에서 무어가좃차오는듯하야 련해련방뒤를돌녀보면서 큰행길에나섯슬ᄯᅢ에는 파출소붉은뎐등만보아도 산듯 십헛다。

허둥〱 동대문담엽ᄭᅡ지갓섯다。

고요한담밋헤는 아무것도업섯다。 모든것을집어삼킨 캄々한어둠박게는——물론 파란독개비불도업다。

「애초에 이리로왓드라면 아무일두업섯슬걸」

후회비슷하게탄식하고 어데가 어데인지 분간할수업서々「에라아무데나」하고 그자리에 푹주저안젓다。 하자——

나는 놀나기전에 간납이싸늘해젓다。 도톨〱한쥐악돌이나 그러치안으면 축々한흙이 깔녀잇서야만할 엉뎅이밋헤——하나님맙소서!——나는 부드럽고도 물큰한축감을바덧다。

ᄲᅮᆫ이아니다。 버둘ᄶᅥᆼ하는동작파함ᄭᅴ 날카로운소래가 독살스런땡비가러 나의귀를 톡쏘앗다。

「엇던놈야 이게!」

나는 고무공가티 벌ᄯᅥᆨᄯᅱ엿다。 그리고는 쏜살가티——그ᄯᅡᆯ이야말로 필연코 밋친놈모양이엿슬것이다——줄행랑을노앗다。

김서방도 내뒤에서 헐네벌덕어렷다。

「제발 사람울죽이지마라」

김서방은 거의 우름겨운독소래로 부르지젓다。

「이놈의서울이 사람사는곳이아니구 독개비굴이엿든가」

나역시 나종에는 맷길데업는 분긔가 소사올낫다。

그러나 ᄯᅩ 한편으로는 한업시어리석고 못생긴우리의ᄯᅡᆯ들을 비웃고도십헛다。

잘 알지는못하지만 세상에원 독개비나귀신치구 몸둥아리가보들〱하고 물큰〱하고——아니 그건그럿타구 해두더래도 「엇던놈야 이게!」하고 ᄲᅢᆼ비소래를치다니 그게원……하고 의심하야볼ᄯᅢ에는 더구나단々치못하게 겁을집어먹은것이 ᄶᅡᆨ업시 어리석게생각되엿다。 그럿타고 그자리에서ᄯᅩ발을돌녀 그정톄를탐지하려갈용긔가 잇섯느냐하면 그럿치도못하얏다。

하는수업시 보실비를마즈면서 시그문박 김서방네행랑방ᄭᅡ지 가지안으면안되엿다。가제나덕실〳〵살는 식구름에세여서 하로밤의폐를씻첫다。——고하야도 불파 두어시간의폐일것이다。——막 한잠잘랴고 들어누엇슬때에는 발서 날이훤히새엿섯스니까。

이럿케하야 나는 원 무엇이씨엿든지 하로밤에두번식이나 독개빈지귀신한테 혼이낫섯다。사실 몃해수는감하얏슬것이다。그러나 대체 누구를원망하면조왓스리요? 술먹고늑장을댄 내자신일가 로숙하지안으면안이된 나의운명일가 혹은 독개비나귀신그것일가 그럿치안으면 그외의무엇일가……나는이제야겨우 이중의어느것을 원망하는것이맛당하다는것을 똑々히깨달엇다。

엇덧든 유령이야이는 이만이다。하나 참이야이는 일로부터다。

× × ×

잠못자곤한것도 무릅쓰고 나는 결심으로일을하얏다。비는어느결에 개여버렷든지 또 푹々내려씨는 태양아래에서 세멘트가루를보얏케뒤집어쓰고 줄々흘으는땀에 저々가면서。

그러는동안에도 나는 전날밤에당한 무서운경험을 머리속으로 되푸리하야보지안을수업섯다。독개비면독개빈가보다 하고만생각하야두면 그만이엿지만은 그래도그것을 그러케단순하게 씻닥거버릴수는업섯다。

「대체원 독개비가……」

하고 요리조리로 무한히생각하얏다。하나 아무리생각한다하더래도 결국나에게는 풀지못할 수々ᄭᅥᆨ기에 지내지못하얏다。

하는수업시 나는 뎜심시간을타서 친구들에게 그이야이를하얏다。모다들 적지안은흥미를가지고들엇다。

「머 독개비?」

이층ᄭᅩᆨ대기에 세멘트를갓다주고내려온 맹ᄭᅩᆼ이유서방은 등에메엿든홁올내려놋키도전에 눈올휘둥그럿케ᄯᅳᆺ다。

「내가잇섯드라면 그ᄶᅡ짓걸그저……」

벤ᄯᅩ를 박々극든 달냉이최서방은 이럿케ᄲᅩᆷ냇다。

그러나 가장침착하게 담배를쭉々피우든 대머리박서방만은 그다지 신통치안은듯이

「그래 그것한데 그럿케 혼이낫단말인가……써는 왕눈이써우닛쌔」

하면서 밉지안케 싱글〱우스면서 김서방파나를 둥분으로건너 보앗다。그리고

「독개비〱해두 나가리밤마다야보겟나」

하고 쌀든담배를룩々셜더니 이약이를쓰냇다。

「바로 우리집엽헤 빈집이하나잇네。지금잇는 행랑에든지가몃달안되어 모르진 모르겟스나 어쩌케된놈의집이 원 사람이들엇든집인지 안들엇든집인지 벽온다써러지구 문짝하나업단말야。

「그런데 그빈집에말일세」

여긔서 박서방은 소래를한충놉혓다。

「저녁올먹구인제 끌목쟁이를 그니지안켓나。그러면 그째일세。별안간 고요하든빈집에 불이하나식둘식 써젓다켜젓다하겟지。그것이 진서방(나를가르켜하는말이다)말맛다나 무엇올찻는듯이 슬々기다는써지고 써젓단또생긴단말야。그런데그런불이차々늘어가겟지。그리곤 무언지짓걸〱하는소래가나자 한쪽에서는 돈올세는지 은방망이로 작란올하는지 절걱〱하다간 또무엇을먹는지 쑥々하는소래

새지들니데。 그나그뿐인가 엇던날은 저의세리싸홈을하는지 씨름을하는지 후당탕하면서 욕지거리 우슴소리 참야단이지。 그러다가두 밤중만되면고요해지々만그때면또 별 괴々망칙한소래가다들너오데」

박서방은 여긔서말을문득끈쩌니

「엇대 자미들잇나」

하고 좌중을돌너보면서 싱글〳〵우섯다。

「정말유 그게?」

옴크리고안젓든 달냉이최서방은 겨우 숨을크게쉬면서 눈을새불〳〵하얏다。

「그럼정말아니구 내가그래 자네들을데리구 실업슨소리를하겟나」

하면서 박서방은말을니엇다。

「하나 너무속지들은말게。 그런독개비는 비단 그빈집에나 진서방들혼난데만잇는것이아닐세。 위선 밤에 동관이나 혹은 종묘세만가보게 시글〳〵할테니」

나의독개비 이야이를하야 의심을풀랴든나는 박서방의독개비이야이로하야 그의심을더한층 놉혓슬싸름이엿다。 더구나 쌔잇는그의말과 뜻잇는듯한그의우숨은 더한층 알지못할 수々썩기엿다。

「그럽 대체 그독개비가 무엇이란말유」

「내가 이자리에서 길다케말할것업시 자네가오늘저녁에 쏘한번가서 찬々히살펴보게 그러면모든것이 어름장가티……」

할때에 박서방의겻헤 싯커먼것이낫타낫다。

「무슨얘기 햇소」

일인감독의 일할시간이왓다 는것을 고하는듯한소래엿다。

「오소〳〵일이해야지」

모다들 죽々펄고닐어낫다。

나도 하는수업시 박서방에게 더캐뭇지도못하고 자리를닐어나서 나마든일터로갓다。

× × ×

그날저녁이다。

결국나는 쏘한번 거긔를가보기로작뎡하얏다。 물론 김서방은쌩송이를치고 나혼

자다。쌔니 독개비가 잇는줄알면서 쏘가기는 사실속이켱겻다。하나 쏘 모든의심을풀어버리고 그진상을알랴하는 나의욕망은 그보다크면컷지 결코적지는안엇다。

나는 장차닥처올모험에 가삼을벌덕이면서 발에다용긔를주엇다。

「그싸짓거 여차직하면 이걸로」

하고 손에든몽둥이――나는 만일의경우를념려하야 몽둥이하나를 준비하얏든것이다――를번썩들째에 나는 제절로흘너나오는미소를 금할수업섯다。독개비를정복하려가는 유령장군가티도생각되여서。사실 한다하는×자놈들이면몰나도 무엇을못먹겟다고 하필 가난뱅이로숙자들을 못살게굴고 위협파불안을주는유령을 정복하야버리는것은 사실 뜻잇고도 용맹스런사업일것이다――고 나는생각하얏다。

엇덧든 장차닥처올모험에 가삼을벌덕이면서 발에다용긔를주엇다。

어두어가는황혼속에 음침한동묘는 여전히우중충하얏다。

좀 이르다고 생각하얏스나 나오기를기다리면되지 하고 제멋대로후둑〳〵뛰는가삼을가라안치고 아직도열녀잇는대문을 서슴지안코들어섯다。

중문을들어서 정전압흐로 몃발작걸어갓슬째이다。

전날밤에낫타낫든 정전엽 바로그자리에 협수룩하게산발한 두개의그림자가잇섯다。 그러나 나는발서 어리석은 전날밤의나는아니엿다。

「원 요런놈의독개비가……」

몽둥이를번적들고 사실 장군다운담을가지고 나는 그자리까지달녀갓다。

하나!

나의손에서는 만신의힘이맷첫든몽동이가 힘업시 굴너썰어젓다。——유령장군이 금시에 미치팡이광대색기로 변하야버렷든것이다。

「원 이런놈의……」

들님업든독개비가 순식간에 두 모자의 거지로변하다니! 이런긔맥힌일이 어데잇단말인가。

다음순간 그무엇을 번쩍들너생각한나는 또다시 몽둥이를번쩍들엇다。

「요게정말 독개비작란이란것야」

하나 독개비란소리에 영문을모르는 두모자는 손을모고 썩々빌엇다。

「아이구 웨이럼니까」

이건 흘님업는 사람의목소래엿다。

「나가라면그저나가라든지 그래 이병신을 죽이시렴니싸。감히 못들어올덴줄은 알면서도 헐수할수업시……」

눈물겨운목소래로 이러케사죄를하면서 녀인네는 닐어날랴고 무한히 애를썻다。어린애는 울면서 그를 붓드럿다。

역시 광대에지나지못한나는 너무도경홀한 나의행동을수짓고 겨우입을열엇다。

「아니우 안저게시우 나는고직이두아무것두아니니」

「네?」

모자는 안심한듯한동시에 감사에넘치는눈으로 나를치어다보앗다。

「어제밤에여긔에 아무것도나오지안엇소?」

무어가무언지 분간할수업는나는 이러케물엇다。

「네? 나오다니요? 아무것두나오지는안엇슴니다。그리구 단지우리모자박게는 여기아무것도 업섯습니다」

녀인네는 어사무사하야서 이러케대답하얏다。

「그럼 대체그물은?」

나는 그래도속으로의심하면서 주위로눈을휘둘넛다。

「무슨일이나생겻습니까。 정말 저이들밧게는 아무것두업섯습니다。 그리구저이는 저질는것두업습니다。 밤중은돼서 다리가하두압흐길내 약을발느랴고차즈니 생전잇서야지유。 그래그것을찾누라구 성냥한갑을 다 거내버린일밧게는 아무것도업섯습니다」

하고 녀인네는 한쪽다리를훌쩍거덧다。 그리고 눈물이 그다리우에뚝々떠러지기시작하엿다。

나는 모든것을 어름쌍풀니듯이 해득하기는하얏스나 여긔서 또한 참혹한그림을 보지안으면안되엿다。 그의훌떡거든한편다리! 그야말노 눈으로는참아보지못할것이엿다。 발목은 끈어저다라나고 장단지는나무갭피가터마르고 채아물지안은 자리가 싯퍼렷케질너잇섯다。

「그놈의 원수의자동차……그나마어더먹지도못하게 이러케병신을맨들어놋코……」

녀인네는 우름에늣기々시작하얏다。

「자동차에요?」

「내 공원압해서 그놈의자동차에……」

나는 문뜻 어슴푸레한 나의긔억의한구통이를 번개가티되푸리하얏다。

달포전。

어느날밤이엿다——。

그날도나는 리유업시——가아니라 바로말하면 바람쏘이러——밤장안을 헤매고잇섯다。장안의여름밤은 아름다웟다。

낫동안에이글〳〵타는해에 닉은몸동아리에 여름밤은 둘업시 고마운선물이엿다。여름의장안백성들에게는 옥신〳〵한거리를 고무풋선가티써다니는 파라솔이잇고 땀을들여주는 선풍긔가잇고 타는목을시켜주는 맥주거품이잇고 은접시에당진아이쓰크림이잇다。그리고또 산차고물맑은 피서지 삼방이잇고 석왕사가잇고 인천이잇고 원산이잇다。그러나 그런것은꿈에도못보는나에게는 머루알빗가튼 밤하눌만 처어다보아도 차듸찬어름냄새가 흘너오는듯하얏다。이것만하더래도 밤장안을헤매이는것은 무의미한일은 아니엿다。 게다가 무엇보다도 거리우에 낫거미색기가티훗터진 계집의얼골——은사뤄 분냄새만맛흘수잇는것만하야도 사실밤장안을헤매이는갑은 훌륭히될것이엿다。

그러나 장안의여름밤을 아름다운꿈으로만생각하는것은 큰실수이다。 거긔에는 생활의무거운짐이잇다。 잔체집마당가티 들복가치는야시에는 하로면스물네시간의 끈임업는생활의 지긋〳〵한그림이 벌녀저잇섯다。 거긔에는 낫파다름업시 역시부르지즘이잇고 싸홈이잇고 땀이잇섯다。

그러나 아무헌지간에 가삼을시쳐주는 시원한맛은 실혼것은아니엿다。 여름밤은 아름다웟다。 그런고로 나는 공원압 큰행길엽해 사람이파도를닐으키면서 요란히수물거리는것은 귀타여 볼것업시 술김에얼근한주객이나 그러치안으면 야시의음악가 쌩々이라는친구를둘너싸고잇는것이려니 생각하고

「홍 여름밤이니까!」

혼자중얼거리면서 무심코그곳을 지내랴하얏다。

그러나 사람들의수물거리는품이 주정군이나 혹은 쌩々이군의경우와는달넛다。

그리고 무엇보다도

노자 노자
젊어 노자
먹구마시구
만판 노자。

하는 주객의노래는안들녓다。 그럿타고 밤사람을취하게하는「아름다운」쌩々이 노래도들녀오지는 안엇다。

「그러문대체――」

나의발길은 부지중에 그리로향하얏다。

「머? 겨우 요술꾼약장수야?」

나는 거의 실망의갓가운어됴로 이러케중얼거리고 대수롭지안은듯이 발ㅅ길

울돌이킬려할때이다。사람들의 수물거리는틈으로 나는 무서운것을보앗다。

군중의숨헤싸여서안보이든 한채의자동차와 그밋헤쌀닌 녀인네하나를보앗다。박휘밋헤는 선혈이림리하고 그엽헤는 거지아해하나가 목울놋코울면서 쓸어저잇섯다。「자동차안에는」하고보니 아니나다를가 불량배와기생년들이 그득하얏다。

「오라질년놈들!」

「자동찰타니 신이나서 사람싸지치니」

「원 쌈직두해라」

이런말마듸를주으면서 나는어느결에 그자리를밀녀저나왓섯다。

「그래 당신이 그……」

나는 되푸리하든긔억의쏫을 문뜻돌녀 이러케물엇다。

「네 그럿탑니다。달포전에 그원수의자동차에 치어가지구 병원엔지무엔지를살구가니 생전저어린것이 보구십허 견될수잇서야지유。그래 한달두채못돼 되루나오지안엇서요。 그랫드니 이놈의다리가 또압흐기시작해서 빼길수잇서야지유。 다리만성하문야 그래두돌아댕기면서 어더먹울수는잇지만……」

녀인네는 참아더볼수업는다리를 두손으로만지면서 우름에늣겻다。

나는 그의파거를 더 캐물을랴고도하지안엇다。 아니 뭇지안어도 그의대답은 샌한것이엿다。

「집이원래 가난햇습니다。 그런데다가 남편이죽구나니……」

비록 이런대답은안할지라도 그운명이그운명이지 무슨더행복스런파거를 차저낼수잇섯스리요。

나의눈에는 어느결엔지 눈물이그득히고엿섯다。「동정은우월감의반쪽」일넌지 아닐넌지는모른다。 하나 나는 나도모르는동안에 주머니속에 든대로의돈을 모다 움켜서 뚝 떠러지는눈물파가티 그의손에쥐여주엇다。 그리고는 아무말업시 부리낫케 그자리를뛰여나와섯다。

× × ×

이약이는 이만이다。

독자여 이만하면 유령의정톄를뚝々히알엇겟지。사실 나도 이제는 동대문이나 동관이나 종묘나 또 박서방말한 빈집터에 더 가볼것업시 박서방의 써잇는말파 뜻잇든우숨을 명백히리해하얏다。

그리고 나는 모다 나와가튼운명을가진 애무한친구들을 유령으로생각하고 어리석게군 나를 실컷 우서도보고 뉘우처보기도하얏다。

독자여 머? 그래도유령이라구? 그래 그럽 유령이라구해두자。그러케말하면 사실 유령일것이다。——살기는살엇서도 그실 죽어잇는셈이니!

엇덧튼 유령이라고해두고 독자여 생각하여보아라。이 서울안에 그런유령이 얼마나 만히늘어가는가를!

늘어간다고하면말이다。또 되푸리하는것갓지만 첫페지로도라가서——

어슴푸레한저녁 몃리를걸어도 사람의그림자하나 차자볼수업는 무인디경인산골작비탈길 여호의밥이다되여버린 해골덩이가뚤々구는무덤엽 혹은 비가축々이썩리는버덩의 다쓸어저가는물레방아간 또혹은 몃백년이나묵은듯한 우중충한늡가! 거긔에 흔히 나라나는유령이 적어도 문명의도시인서울에 오히려 쓰림업시나타나고 또 서울이 나날이커가고 번창하야가면갈사록 유령도 거긔에정비례하야 점々늘어가니 이게무슨 쌔저린현상이냐! 그리고 그얼마나 비론리뎍 마술뎍 아지못할 사실이냐! 맹랑하고도 긔맥힌일이다。 두말할것업시 이런 비론리적유령은 결코 잇서서는 안될것이다。

그러면 어쩌케하면 이 유령을 늘어가지못하게하고 아니 근본뎍으로 생기지못하게할것인가?

현명한독자여! 무엇을주저하는가。이 중하고도 큰문데는 독자의자각과 지혜와 힘을 기다리고잇지안는가!

奇 遇

계순이와나와는 그의평생에 세번의 긔이한 해후를가젓섯스니 불과 칠년을두고니러난 이 세번의긔우 그때마다 그의생활은엇더케변천하얏스며 그의운명은엇더케전개되엿든가。이 세번의긔우는 다만 파란만흔그의생애의 세 단면을보여줌에 지나지아니하나 이것으로써 능히그의긔구한일생도 엿볼수잇다。

세번의긔우가 니러낫스리만큼 그와나와의사이에 그엇던긔연의실마리를 생각하지안을수업는나로서는 그의박명한생애를 한업시슯허하고 그를생각할때마다 가삼속에는 크나큰울분과 무서운결심이 항상 새로워진다。

다음에 나는 이 세번의긔우를 순서대로긔록할려한다。아무 련락업는 무미한 세조각의 단편이될지라도 그것은나의죄가아니라 인생을항상그러케꾸며놋는「우주의의지」(?)의죄일것이다。

I

팔년전이엿다。

당시에 나는 우연한관계로 엇던퍼상한로파와 알게되엿섯다。넓은장안텬지에는

생활의어두운리면에 무수히잠겨 그들의독특한수단으로 생활을도모하야가는 한 계급이잇스니 그들은 침々한어둠속에잇서々 화려한쏫파쏫사이의 중개의역할을 하야 그들의파거를빗나게하든 찬란한삶의조각을 마음속에어렴풋이쏫피우며 아울너 그들의실생활을도모하야가는 늙은「나븨」의무리이다。나와알게된로파도 말하자면 이러한무리의한사람이엿다。

로파와나와의사이에는 엇던「상업뎍」약속이잇서々 그의연출할「나븨」의역할에 대하야 나는 임의 그의요구하는상당한보수짜지 치뤄준터이엿다。그는 그의역활의데일보로 나를 약속한곳으로잇설고갓다。거긔에서나는 아직알지못하는쏫을 선볼랴는것이엿다。

「맛나보시우만 사람은그만하면 괜찬습니다。학교공부햇것다 속잘쓰것다 생김생김도숭굴〳〵하것다 살님사리에야 아주마처노앗지 머……작구인물만차즈시니 어데 그러케붓으로그려논듯한일색이 잇단말유。두구보시우만 녀자는그래두 머니〳〵해두 살님사리가첫재라우」

약간 허리굽은로파는 압장을서々 길을인도하면서 이 늘하는소리를 멧번이나〳〵되푸리하얏다。

「재다가 ᄯᅩ 숫색시요 영어일어가능난하구………」

큰거리에서 뒷골목으로들어서고 뒷골목에서 다시좁은골녹으로구불어저 이러케짓거리는동안에 언으듯 세가달진골목 조고만반찬가게압ᄡᅡ지오자 로파는발을머물넛다。 바로 그집이 목덕하고온집이엿다。 가게에아무도업슴을새달자 로파는뒤으로돌아가 조고만대문압헤니르럿다。 다ᄡᅳ러저가는 초옥이엿다。 문패의글자조차알아보지못하리만콤 ᄭᅳ슬은집이엿다。 그러나 나는아직도 가삼속에예상한아름다운삶을 버리지는안엇다。 깁흔바다 진흙속에 항상 진주는잠겨잇는법이다。 이 다ᄭᅳ슬은초옥안에 얼마나……녹은「진주」가 숨어잇슬것인가。

손쉽게대문을열드니 로파는 서슴지안코 안으로들어갓다。 그러나 아름다운삶파 가벼운수치의념으로 자못홍분된나는 그리쉽사리들어서지도못하고 문박게서々 한참 주저々々하얏다。

무슨담판이그리자즌지 ᄲᅢ오래동안을 지톄시킨다음에야 겨우 로파는나와서 우슴파눈짓으로 나를마저드렷다。 처음격는터이라 퍽도열적어서 주저하고잇스려니

로파는 나의손목을잡아끌엇다。

얏흔집웅 허러진벽 찌저진문 문허진장독대——모든것에 쇠퇴와파멸의빗이 력々히들어나보엿다。조고만반찬가게를 경영하야가지고 각々으로기울려저가는살님을 간신히끄려가는듯한 그집의형편이 첫눈에똑々이집작되엿다。

그러나 그것은 아무래도조왓다。나의 목뎍하고온바는 그속에숨은 아름다운「진주」에잇섯스니까。

빨내할옷가지로 구저분히너러노은마루를 주섬々々치우드니 로파는 나에게안ㅅ기를권하얏다。마루끗헤허리를걸치고 한참이나 기달이고잇서도 아름다운「진주」는 어느구석에무첫는지 속히나오지도안엇다。

「무얼그리우 시체량반이。………기대리는데 얼는나오구려」

초조한나의마음을 예민히살핀로파는 안ㅅ방을향하야 이러케소리첫다。

「어이구 저러케수집어하면서 학교는엇더케댕겻수」

또한번 로파가외치면서 셜々웃자 안ㅅ방문이가볍게열니며 삽분히걸어나오는 것이잇섯다。

「이것이다!」

하고직각하자 가삼속은 알수업시수물거렷다。 그러나 결국보아야할것이매 나는 용긔를다하야 얼골을들어 그를처다보앗다。

찰나의죽엄! 이잇섯다。

그찰나가지나자 놀남 의혹 동요의 회호리바람이불엇다。

그회호리바람이지나자 계순이! ——나에게는 겨우바른의식이도라왓다。

「계순이!」

그는 갈데업는계순이엿다。

역시 나를똑바로닌식한 그의얼골에는 놀남인지 깃븜인지 슯흠인지 복잡한 표정이흘넛다。 그는 마참내 고개를숙여버렷다………

이것이 최초의긔우엿스니 이 긔우싸지에는 약 삼년의파거가잇섯다——

×

그 삼년전의당시。

락원동네거리에 넓은간판달닌 한채의와가가잇섯스니 장안에서손곱는 큰 려관이엿다 당시 일개의서생인나는 이 하숙을겸한려관에 긔숙하고잇섯다。 이 번잡한집안에 고이々々자라나는 한송이의꼿이잇섯다。 그것이곳 주인의딸 계순이엿다。 날마다 수십명의려객이드나들고 십여명의학생이뒤끌는 이 려관안에서 그만은 말쎄々々자라낫다。 그러나 공부가점々차가고 나희가바야흐로늬어가매 주인은 은근히 그의배우를 물색하기시작하얏다。

이러는지음 무엇이눈에들엇든지간에 수만흔사람가운데에서 그는 나를가장만히 마음속에두엇다。 그래서 차々 나는 그와도알게되고 사귀게도되엿다。

마참내 그의어머니는 그에게영어책을들녀서 나의방에보내게싸지되엿섯다。 사ᄭᅮ라가필째엔 창경원에동반하얏고 달이밝으면 고요한마루싸지 우리에게티여주엇다。

그러나 엇전일인지 나의마음은타올으지안엇다。 첫순간에타올으지안터라도 차々째가가면 타는수가잇스되 이것은 달이가고 해가넘어도 좀시 타올으지는안엇다。 나의마음은 꼿々내맑고구덧다。 그쪽에서 적극뎍으로나오면나올사록 나의태도는 진중하고 소극뎍이엿다。 말하자면 그만콤 그에게는 나의열정에불질을 아무것도업섯든것이다。 타지안는곳에는 작란도잇슬수업거늘 하물며사랑이랴。 나는그집을 떠남에 피차의안전과 해방을늣겻다。

이때로부터 첫긔우에니르기까지의 긴 동안 도모지 그를맛나지못하얏다。 떠난후월여에 그집을차젓슬때에는 임의그들은 어데론지떠나버린뒤엿고 려관은 다른이의소유밋헤서 경영되여나갓섯다。 물론 그후 다시차즐랴는 노력도 필요도업섯거니와 약 삼년동안 그들의종적은 묘연하얏다。 나종에는 계순이라는일홈까지점々 나의긔억속에 희미하야갓섯든것이다——。

×

한참동안이나 숙엿든고개를 들엇슬때에 계순이의볼에는 두줄의눈물이빗낫다。나를처다보는 그의저준눈은 원망하는듯도하고 허소하는듯도하얏다。

나는 그를똑바로바라볼수업섯다。 푹빠진눈 축써진볼 수십간의와가가 단간의초옥으로변한것과가티 팽々하든전날의용모는 여지업시이즈러저버렷다。끗까지 지조는구덧고 마음속에 한점의흐린흔적도업섯든 나엿지만 그의이즈러진자태와 허소하는듯한눈물을 대할때에는 약간의가책과 미안을 늣기지안을수업

셧다。

한참동안은 멍々히 할말조차몰낫다。

「그러믄벌서들 이러케됏섯군요」

긔대치아니한 돌연한연극에 적지아니당혹한로파는 이러케 침묵을깨트렷다。

「그러믄그러치 시체양반들이 지금ᄭᅡ지가만잇슬수잇나……찬々이안저서 싸엿든회포들이나 마음셋풀어들보시우」

하고 로파는 한거름먼저 나가버렷다。

로파의아첨하는어됴가 지금와서는 심히불유쾌한것이엿다。그리고 계순이에게대하야서는 이러케로파를ᄯᅡᆯ아온내자신을 한업시붓그러워하얏다。

그러나 이왕 한거름을들여논이상 그들의 현재에니르른곡절이 궁금하얏다。불과수년동안에 수십간의와가가 일간의초옥으로변하고 장안에서손곱든려관이 뒷골목의 조고만반찬가게로변하고 금지옥엽가티 귀여하든ᄯᅡᆯ의처치를 알지못할피상한로파의손에 맷기게되엿다는것은 너무도큰변화이엿다。나는 이모든것을알고저하얏다。

「어머니는 어데가셋서요?」

겨우입을열어 그에게뭇자 방에잇든그의어머니는 미안한듯이 문을열고나왓다。

「이게웬일이요!」

너무도 의외의해후에 그역시놀낫섯다。나는 묵々히 반가운마음을표하고는 뒤미처뭇엇다。

「대체 엇더케된곡절임니까?」

감개무량한듯이 길게한숨쉬는그의표정은 자못 어두운듯도하얏고 언으듯주름만히잡힌그의얼골은 붓그러운마음에 약간 붉어지는듯도하얏다。그러나 그의대답은 극히간단하얏다。

──원래 부채가만헛섯다。그우에 장사에서루른그들이라 경영하는려관에서도 별로 리가업섯고 갑흘수업는부채는 점々늘어갓다。무서운 채귀의독촉은 날로심하얏고 나종에별도리업는그들은 결국 려관집까지 차압을당하고야말엇다。새파란목숨을끈을수업는이상 목숨부터잇는동안까지는 살어야하는지라 헐수할수업 시일간초옥을어더가지고 애닯은그날々々의생활을 니어가는것이엿다──

너무도단순하고 평범한이야이엿스나 그의엄숙하고 감개만흔어됴는 무서운진실성을가지고 ᄲᅧ속ᄭᅡ지저々들어가는듯하얏다。 흔히잇는 평범한사실이지만 그것을 살파피를가지고 실지로과정하야온그들에게는 결코 평범하고단순한것이 아닐것이다。 그들의령락한자태가 이것을말하얏다。

「그래서 그저 살님이구말구 죽지못하니 살어가지요」

암담한그의어됴에는 호화롭든전날의그림자는 한점도 차저볼수업섯다。

조만간 필경은몰락하여가고야마는 저들의운명을 그들은한거름먼저 걸엇슬뿐이엿다만은 그들의돌연한 삽시간의몰락에는 ᄯᅩ한 놀나지안을수업섯다。

「저에나얼는 임자를차저줘야 우리야우리대로 살어가든지 엇더케하든지헐터인데」

이야이가 계순이의일신상으로ᄯᅧ러젓슬ᄯᅢ에 나는피로웟다。 될수잇는대로 그의일에는 접촉하고십지안은나는 다만 침묵할다름이엿다。

「나회는차가고 궁한살님에 집에만부러잇서야별수업고……」

ᄯᅡᆨ한일이엿다。 그러나 모든것에 아모리동정한다고하더라도 이일만은 난들 엇

더케하랴。 과거에잇서々 임의 싸늘하든나의마음이 이제와서 새로 설어올울리는만무하얏다。 다만 전날에잇서々 두사람의거리가갓가웟든것이 불행하엿고 이제와서또다시 그돌의현재를알게된것만 실책이엿다。 첫재로는 로파가미웟고 다시한층 내자신이비루하게보엿다。

「오래간만에뵈니 이러케반가올텐업구려!」

그의어머니는「못처럼차저온」나에게서 그무순암시라도 어들랴는듯하얏다。 그러나 더깁히돌어가기를 두려워하는나는 한시라도속히 그자리를써나고십헛다。 마참내 선명한태도로 그자리를니러서랴하얏다。

별안간 안방문이 거칠게열니드니 한사람의사나희가 문득 마루에나섯다。 전에본적업든 초면의사나희엿다。

약간 상긔된듯한 그사나희는 엇전지 나를 한참이나노려보앗다。 나는 나스々로의시선을옴겨버렷스리만콤 험상구즌시선이엿다。 그는 뚝가튼 억센눈초리로 계순어머니와 계순이를차레로노리드니 나종에 계순이에게 무어라고두어마되 거칠게세여붓고는 맨머리바람으로 황망히박그로나가버렷다。

피상한사나희엿다。 그의 험상스런태도는 더욱 알지못할것이엿다。 무순ᄭᅡ닭으로 초면의나를 그러케ᄭᅡ지 노려보지안으면안되엿든가。 그험상구즌사나희와 처녀와 어머니가 어두운방안에서 무엇을의론하고 무엇을계획하얏든가。 생각안할랴하면서도 나는여긔ᄭᅡ지 어둡게 생각하지안을수업섯다。

「싀골서온 일가사람이랍니다」

그의어머니는 뭇지도안는나에게 변명하는듯이 이러케설명하얏다。 그러나 나에게는 아무변명도필요치안엇다。 올튼지글튼지간에 나는 직각한대로 미들수박게는 업섯다。 필연코 그사나희에게도 나를변명하기를「싀골서온일가사람」이라고하얏슬는지모르니ᄭᅡ。

그러나 그러면그럴사록 나는그집을ᄯᅥ남에 점々몰락하야가는 그집안파 계순이의장래를 한업시슯히하얏다。

Ⅱ

삼년후——

이짧은삼년동안 나의생활에도 만흔변천이잇섯스나 아직도젊은나의마음은 픽도로맨틱하얏다。—(고하야도 그것은 참당하고비장한 로맨티씨즘이엿다。) 이 로맨틱한마음에 항상 아름다운꿈을가삼에품고 끈임업시 항구에서항구로 옮어단엿다。쉴새업시꿈을찾는마음에 항구는 가장 매력잇는곳이엿다。맑은거리 붉은등불 밝은술집 푸른술 젊은계집——푸른하늘 기름진바다 그우에뜬배 아물々々한수평선——이 모든것이무조건으로조왓다。

새파란바다건너 저쪽편에는——
새파란하눌다은 그나라에는——

항상무엇이 손짓하고불으는듯하얏다。아름다운생각을 그편하눌멀니 날닐때에 아물〱한수평선은 어여쁜처녀의손짓과도갓핫다。그럴때마다 배에다꿈을가득히 실고 낫에는바람에돗대달고 밤에는달빗에저저가며 쉬지안코 먼나라로 달아나고 십흔충동을 금할수업섯다。

이 아름다운공상은 구체화하야가서 필경은 실현되게까지되엿다。——「방랑」이라는 시멈개념에취하얏든 박군과나에게는 오래전부터계획하야오든「해삼위행」을 마참내 단행할날이왓섯든것이다。

동해안의 엇던항구엿다。

푸른하날은 전강히빗나고 오월의바다는 유심히도파랫다。그우에 숨쉬는듯한 배한척 그것이 우리를실고써날 배엿다。

눈코뜰새업시밧버야할 출범의전날이엿스나 단지 붉은몸하나로굴러단이는 방랑의객이라 삼등선표를사서 주머니속에수습하니 우리의항해의준비는 그만이엿다。

남어지의반일을 그항구의마즈막날을 우리는 우리를보내는김군과합세 항구의술집에서 작별의술을난우기로하얏다。

압흐로바다를바라고 놉히서잇는 조고마한카페는 정하고도고요하얏다。오리알빗가튼벽 진홍빗카텐 스탠드우의푸른화초 이 모든것이 창으로멀니내다보이는바다빗파 향긔로운조화를써이고 잇섯다。벽우의괘종이 두시를쌩々울니는 고요한오후엿다。

「술!」

창엽혜진치고안주우리는 알지못하는짱에대한꿈파 장래의포부를피로하야가면서 술잔을놉히들엇다。유리잔부다치는소리가 엽혜안준계집아이의 가늘게부로는코ㅅ노래와엄처서 고요한카페안에반영하얏다。

「흘으고 흘너서………」──애됴를담뿍씩인 류랑의한곡됴가 이상히도 방탕의 홍울붓도덧다。흘으고흘러서──이것이 그나우리나 피차의운명일것이다。북은서백리아가되든 남온남양이되든 흘으고흘러서 안주할바를몰으는것이 꼿 피차의 자태엿다。아직 길쩌나지안은우리는 이제 이항구 이술집에서 임의 바다먼해외에나 나간듯한 이국정서를늣겻다。

계집아이는 심상치안은정서를가지고 노래를불넛다。애수를담뿍품은노래가락은면々히흘넛다。이제 이고요한술집안에서는 모다들 제각々자긔들의꿈을쑤고잇섯다。노래부르는그계집아이 노래에귀기울니는우리세사람 그리고 앗가부터 저편창기슭에의지하야 실음업시 바다를보라보고잇는 그계집아이 모다 흘으고흘으는자긔자신을 반성하는듯이 순간 고요하얏다。

「술이다!」

「잔가득부어라!」

모든애수를싯처버리고 나는 늠々히소리첫다。 마치「꿈을죽여라 행동이다!」하는듯히 늠々히부르지젓다。 노래부르든계집아이는 또다시 붉은입술에우슴을씌이면서 술을딸앗다。 우리는 모든감상을극복할랴는듯이 함부로술을켯다。 가득히부으면 한숨에켜고 켜고는또청하얏다。

그러나 저편창기슭에의지하야 실음업시 바다만바라보고잇는그에게 눈이갈때에는 알수업시 마음을치는것이잇섯다。 직업을떠난 그의초연한태도에는 술집계집아이아닌 품이잇섯고 뜨거운석양을 담뿍둥지고 잠잣고바다만바라보고잇는 그의모양에는 그무슨깁흔것이잇섯다。 옛꿈에잠겻는지 현재를한탄하는지 미래를응시하는지 바다건너편을생각하는지 그곳의사랑하는이를그리워하는지 실음업시 바다만바라보는 그의자태는 몹시도애처러웟다。 나는 니러서々 그에게로가보고십흔충동까지 늣겻스나 고요한그의긔분을 깨칠가두려워하야 술떠르는계집아이에게 물어보앗다。

「유리짱!」

하고 그가 전넌편을향하야불으자 바다만바라보고잇든그는 손수건으로 고요히 눈물을싯스면서 이쪽을향하얏다。얼골모습은 똑々히안보엿스나 허트러진머리 눈물에이즈러진분ㅅ긔가 흐릿하게보엿다。그는 이쪽에는 아무관심도안가지고 또다시 바다를향하얏다。

「아노히도이쓰데모 나이데박사시이루노요」

다마짱은 이러케설명하얏다。그리고 그가약일주일전에 이카페에왓다는것 카페여급으로는처음이라는것 써라서 손님접대에능난치못하다는것 그의파거에대하야서는 한마듸도입을열지안는다는것 언제든지혼자눈물만흘닌다는것……을 대충々々추려서 이약이하얏다。

그외태도로보나 이 이약이로보나 센티멘탈한불조와소녀가아닐것이매 그역 남파가튼 밝은인생을살어오지못하는 불행한사람임을 짐작할수잇섯다。어데로부터흘러오고 장차는어대로흘러갈 슲흔인생인가。흘으고흘으고……모다똑가튼운명이로구나 하고생각할때에 서로알지못하는 그와나와지만 나는 그에게로기울너지는

한조각의마음을 엇지할수업섯다。 멀니 방랑의길을떠날려는 이 마즈막날에 깁흔인생을리해하는듯한 그와 이야이라도 한마듸전너보고십헛다。

「유리쏭상!」

나는마참 그를불넛다。 그러나 그는여전히 명상에잠겨잇슬뿐이엿다。 대답을못어든나는 열적어서 그만 침묵하야버렷다。

그러자 이고요하든카ᅋᅦ는 새손님을마저들이자 잔々하든공긔를깨트렷다。 정복한일인순사한사람파 형사인듯한사복한사나희가 거칠게문을밀고 들어왓다。 정복순사가 카ᅋᅦ에온다는것은 어울니지안코하기에 나는문득 우리세사람우에 무슨불행이나 니러나지안을가하는 좃치못한 첫늣김을바덧다。 별으고별으든「해상위행」이 또 새여지나보다 하는불안에떨엇다。

「단나와도쇼다?」

사복한사나희는 이러케소리치드니 저혼자서승지안코 이충으로올나갓다。

그는 방안을 자세히훼뚤너보앗다。

아무래도 일은니러나고야말 형세이엿다。 우리는속히 그자리를떠날려하얏스나

일이발서이러케된이상 그것은 더욱불리할듯하얏다。 꼼작업시 가만히안저서 당할일이잇스면 당할수밧게는업섯다。

우리를노리든그는 그시선을 건너편유리씨에게로옴겻다。 그리고 한거름〃〃〃그에게로갓가히가드니 나종에 정신업시생각에잠겨잇는 그의등을첫다。

유리씨는 깜짝놀나 그를처다보드니 긔절이나할듯이 두팔로얼골을가리고는두어거름 뒤으로물너섯다。 그는 무엇인지놉히소리치드니 거칠게그를붓드럿다。 십히놀난듯한유리씨는 말업시 몸을빼치랴고애썻다。

일을당하는것이 우리가아니고 유리씨라는것을알엇슬때에 우리는 적지안은안도를늣겻스나 꿈꾸는듯한유리씨에게 불행이닥처오는것을볼때에는 미안하고도 애처러웟다。

몸을빼칠랴고 무수히애쓰든유리씨는 긔진맥진하야 그자리에 쓸어저버렷다。

……………(二行略)……………

별안간 막엿든보나러지는듯이 놉흔우름소래가 유리씨의심장에서터저나왓다。 애를못니기고 서름을못니긴듯한 우름소래엿다。

나는 꿋니러나서…………(一行略)……………。그러나 그것도 쓸데업는 무한의분에 지나지못함을깨달을때에 나는애닯엇다。

이층에올나갓든사복한사람이 황망히내려왓다。그의뒤에는 단나와오싸미상인듯한 두양주가 공손히싸라내려왓다。그들은 두양주에게 무어라고일느드니 쓰러진유리쎄를 잡아닐으켯다。

「사 잇쇼니유순다!」

필연코 밀매라도하얏거나 돈만흔손님을 집어먹엇거나하얏스리라고 생각하얏다。실타고발버둥치는유리쎄를 그들은 그옷닙은그대로 허터진머리그대로 눈물에저준얼골그대로 그를쓸어냇다。

눈물에저준그의얼골! 나는 이제야 그를쪽々이보앗다。나의시선은 잠시간 그의얼골에못백엿섯다。그리고 두번재의 찰나의죽엄! 이잇섯고 놀남파동요의회호리바람이불엇다。유리쎄——그는 두말할것모업시 계순이엿다。기모노를닙은 계순이엿다。

나는 그에게로달녀들어 나라는것을알니고십헛다。그러나 발서 그는 문박싸지

빨녀나간뒤엿다。 그역시 나를보지는못하얏다。 그것이운명이엿다。 폭풍우나 지난뒤갓햇다。 엇더케하면 조흘지를몰으는나는 잠시 술집주부의 이약이에 귀를기울넷다。

그의이약이에의하면 유리쬬는 일주일전에 서울서도망온녀자엿다。 집이가난하야서 엇던사나희에게「팔녀」갓다가 란폭한그사나희에게버림을밧자 두번재 ××××에게로「팔녀」갓섯다。 그러나 그가 징글〱하고 몹시도실혀서 마참 그집을버서나서 멋대로 도망하야왓든것이다。

생각하지말자 접촉하지말자 하든계순의운명에 또다시이러케스친것을 나는섭허하얏다。 무슨 몹슬 운명의작란인가。

계순의애처러운마즈막자태가 문득눈압헤떠올낫다。 나는 전에업든애착을 이제새삼스럽게늣겻다。 그리고 그의집안에대하야서도 생각낫다。 삼년전에보앗든 그집안은 지금 엇더케나되엿슬것인가。 뒷골목의반찬가게 초가집 그의어머니아버지나종에 단하나의외딸까지 이러케「팔아먹」재된 그들의몰락의파정이 눈압헤력々히빗취는듯하얏다。

계순의자태가 또다시 눈압헤떠올낫다。나의정신은 혼란하얏다。나로서 엇더케 하얏스면조흘지를몰낫다。그의뒤를쫏차가볼가。그러나 무슨소용이잇스리요。그를 견지기에는 나는 너무도무력하얏다。그리고 래일은 동모와가티 해삼위로떠날날이 다。나는 미래에대한 큰뜻이잇다。그뜻을위하야서는 나갈대로나가지안으면안되엿 다……。다만 그에게대하야서는 마음으로부터 미안한생각을 억제할수업섯다。

동모들에게설녀 카페를나와 저무러가는 해안을걸어가는 나의마음속에는 우울의구름장이 뭉게〳〵피여올낫다。

III

바다와 항구와 거리를 헤매이고 헤매이고……나는 넓은세상과 수만흔인간 생활을 활연히해득하얏다。짓씨달닌심장에는 구든결심이못백엿다。마참내나는샛 밝안피의전부를밧처서……몸을던젓다。여름도차々늙어가는 작년구월 ××총동맹 의 위원의한사람인나는 엇던사건의됴사의책임을지고 합이빈까지갓섯다。 의외에도 일은쉽게끗나고 예정보다는 이틀의여유가잇섯다。동지박군과도 오래간만에맛낫고 나에게 합이빈은 처음길이기도하기에 나는 박군의안내를바더 합이빈의 사생활을 자세히 구경할생각이엿다。

그래서마참나는 크고적은거리々々도구경하고 로서아사람만히사는 유명한키다야스카야거리의마굴도엿보앗다。웟카에취하야도보고 아름다운얼골을가진계집소니야도알엇다。(소니야의이약이는 여긔에서나오지안는다)

밤의합이빈은 더한층 아름다운도회엿다。깁흔어둠속에 총々히박힌 무수한등불이 하늘의별파 련하야보엿다。그날밤에도 박군파헤여진나는 웟카의취흥을못니겨서 시원한바람을쏘이면서 숭가리(松花江)연안을그녓다。아름다운합이빈의야경파 숭가리강을불어건너오는 싸늘한바람에 무상의쾌감을늣기는나는 강연안을그닐면서 한거름두거름 조고만 중국사람거리로 발을옴겨노앗다。

얏혼집 수만흔露店 박휘적은수레 불유쾌한취긔……언으듯나는 강연안을버서저나서 중국인거리의복판새지들어갓섯다。야경은 해삼위보다낫고 복잡하기는 상해에어름업고 아름답기는 청도에멋충써러지고 번화하기는 서울의몃곱절이고……이러케막연히 합이빈을비평하면서 취흥에셜넌나는 긋칠바를몰으고 거리에서거리로

몽유병자가티 작구걸어들어갓다。

그러케함부로것는동안에 길을엇더케들엇든지 나종에 나는 조고만 알지못할 거리에ᄭᅡ지갓섯다。등불도업고 인긔척도업는 어둡고 고요한거리엿다。그거리를 굽어서 더욱적은거리로몃간걸어가자 나는 집응도업고 첨하도업는 석유통가티 내모지게싼 피상한집이 졸로리들어잇는것을발견하얏다。그중몃집만온 문이열녀 잇고 그안에서 행길로향하야 희미한등불이흘너나왓다。

흐릿한정신에도 피상한늣김을바덧다。

「빈민굴이로구나!」

하고 나는생각하얏다。세상에 도회처노코 빈민굴업는곳이업다。핑장한돌집이절비하야잇는 그반면에 반다시 쓸어저가는빈민굴이숨어잇스니 이ᄯᅢ저린대조를현재의도회는 모다보이고잇다。합이빈의 빈민굴은 ᄯᅩ한엇더한것인가를 보아두어야 할것이매 나는 늘어잇는집압흐로 갓가히걸어갓다。

희미한등불흘너나오는집 문간에ᄭᅡ지갓가히가 안을흘씃엿본나는 그자리에 장성가티 서버리고말엇다。

그속은 한간의방이엿다。 방안에는 놉직한단이잇고 단우에는 자리와요가펴잇섯다。 그우에 젊은중국녀자가 두다리를뻣고 음란히안저잇섯다。 두팔을드러내노코 새파란중국복에싸인 젊은녀자엿다。

그는 나를보앗든지 이쪽을향하야 우슴을던지면서 손짓을하얏다。 그러다가 나종에는 두다리를안으로쫏크리고 두팔로옷을거더올니더니 발가버슨하반신을 서슴지안코 낫하내보엿다。 새파란옷과 희미한등불에빗처 그것은마치 신비로운황홀의련못 그것으로보엿다。 백설가튼현란한감각에 현긔를늣기는나는 정신업시 몽롱히서잇섯다。 그러는동안에 어데서낫하낫는지 두사람의거한이 비틀거름을치면서방안으로들어가드니 음란하게 녀자에게로달녀들엇다。 어느결엔지 판장문이덜컥닷치고 문장구는 쇠노래가들녀왓다。

「마굴이다!」

나는 그것이 빈민굴이아니고 마굴임을깨달엇다。 전률할만한마굴——그속에서는 엇던무서운죄악이 니러나는지도 생각할새업시 한번불질은이상 타올으는새밝안관능의불길에서 나는 버서날래야버서날수업섯다。 아직까지도 몽롱히서잇든나는 붓그러운말이지만 멋간건너 역시행길로향하야 희미한등불이 흘너나오는 그곳으로 발올옴겨노앗다。 똑가른방안에 똑가티차린 중국소녀가 안저잇섯다。 새파란옷 흰팔 눈부신감각……나는 아무것도 반성할여유업시 서슴지안코 방안으로드러가버렷다。

하로밤에 멋놈이나 거친사나희에게부닥기는지 젊은중국소녀는 피로할대로피로한듯이 손님이들어가도 머리도들생각하지안코 나른히안저잇섯다。 앗새의소녀와가티 란잡한추태도 지어보이지는안엇다。 너무도잠々한 그의태도에 나는 긔가쎄젓다。 그러나 이왕이러케들어온이상 념치불구하고 그의엽헤가주저안즈면서 전신올그에게재로솔넛다。 그리고 두팔로 그의 목을걸어 조을고잇는듯이숙인 그의얼골올 번적들엇다。

「웅?」

순간! 나의전신은 화석하야버린듯하얏다。

놀남 의혹 동요의회호리바람이 세번채 쏘불엇다。

그회호리바람이지나가자 그의목에걸엇든 나의두팔은 힘업시쎠러저버렷다。

눈의착각이나아닌가하야 나는 두눈을비々고 또다시 그를처다보앗다。그러나임의 주귀조차새여버린 나의닌식에는 한점의들님도업섯다。확실히그엿다。

무슨 피이한인연인가。멀고먼 외국의밤 낫몰으는도회의 어두운이한구퉁이에서 그를또다시이러케맛날줄야 꿈엔들생각하얏스랴。거짓말가튼이약이다。그러나운명의신은 항상 그런 피이하고심술구즌트릭을 조와하는 얄미운계집아이갓다。

「무슨인연임니까 네 계순씨！」

풀죽은나의목소래는 부드러웟다。

나를힘잇게붓드럿든그는 말업시 나의무릅에얼골을파뭇고 소리처울써름이엿다。

어데서인지 돌연히 멋사람의거친호인이 몰녀들어왓다。코를찔으는 고약한냄새가 그들에게서훌러왓다。그들의침입에 나는 적지아니놀낫다。

「오눌저녁 이조선계집애는 내차지다」

그중의한자가 술김에똑々지못한청어로 이러케짓거리면서 나를무시하야버리고쓰러저잇는 계순의등을 잡아닐으켯다。닛대여 또한놈이 비틀〳〵달녀들엇다。나는 크나큰모욕파 분로를늣겻다。그리고 계순이를보호하여야할 의무까지늣겻다。그자리에니러서々 아무분별업시 나는 그에게달녀드는놈의 팔을뿌리치고 주먹을하나앵겻다。

세놈을 무서운긔세를가지고 일제히 나에게달녀들형세이엿다。나한사람파 장대한세사람의거한파 물론 나의능히당할바가아니엿다。계순이는 나의팔을붓들면서 말녓다。그러자 문득 나는 뒤에서잇는 장성가티후리〱한사나희를 발견하얏다。그런속을짐작하는나는 눈치빨니 주머니속에서집어낸 몃장의지폐를 그사나희의손에 얼른쥐여주엇다。

그사나희는 나에게만족한듯한우슴을보이고 놉히호령을하드니 세놈을박그로쫏차냇다。그리고 자긔도 문을닷고나가버렷다。

우리는겨우안심하고 그자리에안줄수잇섯다。안존한마음으로 그러케대면하야안기는 락원동려관서의 작별후 약십년만이엿다。나는전무후무처음으로 그의손을 잡아보앗다。그역시 그의생전처음으로 나에게몸을의지하얏다。이제는 피차에 붓그러운마음도아무것도업섯다。산설고물설은 이역에와잇는 외로운두개의혼이엿다。우리는발서 살파는사람 살사러들어온사람 은아니엿다。

그경지를놉히초월한 두개의고결한령혼이엿다。

그에게대하야 나는이제 전에업든사랑을늣겻다。그러나그것은 욕심만흔 한개의 사나히로서의사랑이아니라 옵바나어머니로서의 위대한사랑이엿다。나는옵바의사랑을가지고 그를안엇다。그는 어머니에게나안기는듯이 나를신뢰하얏다。외로움쌍에와 어머니의사랑에도 만히주렷슬것이다。

어머니――어머니라면 대체 그의어머니는 엇더케되엿슬것인가。외딸을 이러케 버려노코 망처놋치안으면안된 그의어머니를 나는물어보앗다。그의눈에는 눈물이 새롭재용솟음첫다。그리고 썰니는목소래로 간신히한마듸를말하얏다。

「죽엇는지살엇는지도몰나요」

「…………」

그러면대체 엇더케되엿단말인가。몰울노릇이다。그러나 나는 더몰울랴고도하지안엇다。그것보다도 한시라도속히 둘이 이자리를버서나야할것이다。그를 그이상 그대로 그무서움곳에 버려둘수는업다。어머니를찻든지 새생활을도모하든지 엇저든지 서울쌔지라도 가리데리고가야할것이다 고나는결심하얏다。

「자 이대로라도속히 나와가러갑시다」

「네 가다니요!」

그는 놀나서거절하얏다。 그리고 마굴안의무서운제도와 호인의포학무도한제재를 대강이약이하얏다。 만약 들키면 두사람의생명이 위태하다는것이엿다。 그래도 나는 그를설유하고 용긔를붓도더주엇다 。주인의량해를어더서 요구하는대가로 그의 몸을빼내랴고까지 계획하얏슬때에 계순이는감격의눈물을흘녓다。 그러나한참이나 잇다가 그는 극도의절망한태도로 서슴지안코 두팔을거더보엿다。 가련한일이엿다。 두팔 억게죽지 할것업시 흰살우에는 무서운자색반점이 군데〳〵솟아잇섯다。 감염된 외국인의 독한병독으로하야 젊은살이 점々썩어들어가는것이엿다。

나는 다시놀낫다。 그러나침착한태도로 그를위로하고 구든결심을요구하얏다。 그리고 래일아참에일즉이 상당한액을변충하야가지고와서 주인과단판하야 모든 일을결정하기로 굿게약속하야놋코 그곳을나왓다。 번잡하든도회는 고요히잠들고 이역의밤은 깁헛다。 취중에 정신업시헤매이든거리지만 맑은정신에는 극히단순한거리엿다。 나는 손쉽게거리〳〵를빠저서 마츰내 밤으식히 박군의숙소를차젓다。

경성행을 하로동안연긔하기로하고 이튿날아참일즉이 나는 박군의호의로 상당한금액을수중에차고 박군파가티 어제밤그곳을차저갓다。

수면부족으로 흐린 나의머리속에는 전날밤일이 마치쎌름가티 전개되엿다。생각하고생각하여도 계순의이때까지운명이 너무도참혹하얏다。그러나 생활이란항상「일로부터다」。일로부터 사람답게 뜻잇게살어간다면 그만아닌가。나는 모든것을 억지로라도 밝게생각할랴하얏다。

숭가리강을엽호로세고 어제걸든거리〳〵를 찬々히차저내려가면서 결국 그곳까지갓섯다。

석유통가티 네모로쌘집들 그것은 낫에보니 더한층참담한것이엿다。그속에계순이가……모다 거짓말갓햇다。그러나 그것이거짓말이라면 오작이나조흐랴。

아직 문이닷친집도잇고 열닌집도잇섯다。우리는몃집을거처 노코 그것인듯짐작되는 집압까지가서 문을열고들어갓다。

좁온방안에 이상인의호인이들어서々 황망한태도로 무엇인지수군〳〵 의론하고잇섯다。우리의들어감을보고 그들은삼짝놀나 일제히이쪽을향하얏다。그중의후리〳〵한사나희는 주인인듯한 어제밤의그사나희엿다。

나는 그들을헷치고돌어가서 무엇보다도먼저 단우의계순이를차젓다。 이불을푹쓰고잇는그는 아직새지잠자고잇는듯하얏다。 나는 단우에 올나가서 그를새웟다。후리〳〵한사나희는 나를붓들면서 말류하는듯하얏다。 그것도불구하고 나는새웟다。 흔들엇다。 그러나 그의잠은 너무도깁히들엇섯다。 너무도깁히――영원히 깁히。

나는 황망하얏다。 정신이산란되엿다。 다시흔들고흔들엇스나 맥은임의끈어젓고전신은싸늘하얏다。 핼숙한얼골을 드려다보앗슬새에 나의가삼은 문어지는듯이비통하얏다。

「계순이 계순이!」

쓰거운눈물에 세상이캄々하야젓다。

굿칠줄몰으고 쏘다지는 눈물사이로 나는그의머리맛헤노인 조고만약병파 한장의글발을발견하얏다。 나에게주는 유서엿다。 눈물을씻려가면서 나는 그것을내려넑엇다。

찬호씨 놀나지마세요。경솔하다고책하지마세요。저의취할길은 이밧게는업섯슴니다。이몸을가지고 어데가서 무슨새생활을 삭며보겟슴니까。결국 일각〳〵죽엄을기다려야할것이니 차라리한시라도 속히죽어버리는것이 편할줄로미덧슴니다。너무나고마운생각에 죽어도한이업슴니다。이밤에제에게보여주신고결한사랑 저는마즈막으로 사람답게살엇슴니다。아무것도 한할것이업서요。다만 세상은제에게 너무도쓰렷슴니다。

어머니아버지는 죽엇는지도모름니다 서울서작별한것이 마즈막작별이엿슴니다。저보다도 더불상한이들이예요。이 낫서른쌍에와잇서도 그이들만은 한시도니즌적이업섯슴니다。

죽은뒤에 뼈나추려주세요。그 뼈라도 어머니의품에들어간다면 저에게는더업는깃붐이겟슴니다。

계순

쓰다지는눈물을 나는 금할수업섯다。싸늘한그의얼골을들어 마즈막으로 품에안어보앗다。 그의말도올키는올라만은 어제밤에약속까지하야노코서 웨이러케 죽는단말인가。 낫서른땅 이 한구석에서 리별한지오래인 아버지어머니도못보고 반오십의젊은청춘을 죽여버린다는것은 너무도비참하얏다。

나와박군파 세사람의호인은 그를둘너싸고안저서 외로운령을위하야 묵도를올녓다。

비통의눈물은 첨회의눈물로변하얏다。 반은 나의죄라고할까。 그러나 반은누구의죄인가?

빌어먹을놈의××이다。 어금니로 바작〳〵 씹고씹고〻〻또씹어도 시원치안을놈의……이다。 나의생밝안심장에는 무서운저주와 구든신념의넌륜이 또한박휘색여젓다。

이 생밝안염통이 두조각이나는한이잇더라도 그의맷치고맷친원한만은 풀어주고야말것이다。 그의령시압헤 고개숙이고안즌나는 마음속깁히 그의외로운령혼파맹서지엇섯다。

行進曲

혼잡한밤뎡거장의 잡도를피하야 남에뒤써러저서 봉천행삼등차표를산그는 깁숙히쓴모자밋 검은안경속으로 주위를은근히휘돌라보드니 대합실로향하얏다。중국복에싸인 청년의긔상은 오족 늠놈하얏다。조심스럽재 대합실안을살펴보면서 그는 한편구석벤취우에가서 걸터안젓다。

차시간을압둔 밤의대합실은 물끌듯끌엇다。담화 환조 훈긔 불안한긔색 서마서마한동요 영원한경영 엄숙한생활에 움즉이고 움즉이고 움즉엿다。그혼잡의사이를뚫고 피상한눈이 무수히반짝엿다。싀골뜨기가티차린친구——회조한도리우씨 어색한양복저고리 짧고 썽둥한바지 어데서주어모앗는지 너줄한후싸고무 게다가 갑싼금테안경으로단장한 그들의눈은 불유쾌하리만치 날카롭게빗낫다。령리한그에재 이 어색하재분장한「싀골뜨기」쯤야 감히두려울바가아니엿지만 피로를몰으고 새롭재빗나는그들의눈은 몹시도불유쾌하고 귀치안은존재엿다。그것은 길을막고 계획을부실랴고노리는 무서운독사의그것이엿다。그러나 이것이그의생활파는 뗄내야뗄수업는 고맙지도안은존재엿다。그만큼 그의전생활은 말하자면 초조와불안의련쇄엿다。가뎡이잇고 안해가잇고 안도가잇고 일신을보호하야주는사회와 법률이잇는 그런것이 그의생활은아니다。지혜를짜고 속을태우고 용긔를내고 힘을쓰고 하로면스물네시간 일년이면 삼백륙십오일의 모험이잇고 죽엄이잇다。이것이 그의생활이엿다。——이러한자긔의처지와 주위의군중을대조하야 생각할때에 그는침울하야젓다。

「나는 뭇사람을위하야일한다。그러나 그들은 그것을알고잇슬가。(물론 알어달나는것은아니다。) 내가누구라는것을 이 호복닙은사내가 대처무엇이라는것을 짐작이라도할가。이 조마조마한 애타는가삼속——그것은 게집애를 생각해서가아니다——을 살펴줄수잇슬가。끌는청춘의혈조를 초조와모험에 방울々々태워버리고마는나 그것을리해는커녕 오히려경멸하는지도 몰으는수만흔그들 세상이엇더케되여가는지도몰으고 알려고도 하지안는그들 가난은모다 전세의죄라고박개는 생각할줄몰으는그들 그들파나사이에는 간격이잇다。바다가잇다。엇절수업는구렁이잇다。

이 급하고긴장된순간에도 그는 쓰린공허를늣겻다。견질수업는 영원의공허를 늣겻다。평생에「생각」이라는것을 경멸하여온 그엿만은 때때로문득 이러케생각나고 반성되는순간이잇섯다。

그러나 또다시 대합실 혼잡 환조 불안 동요 반짝이는눈 개획 직무——현실에도라왓슬때에 다시「생각」의어리석음을깨달고 결심에불질넛다。

「웨이러케 어리석게생각하는가。 군중에휩쓸녀춤추어라。 빗나는눈을속여계획하여라。 일하여라。 천만번생각하야도 생각은생각이다。 세상에「생각」이라는것이해노은 무슨장한일이잇는가。 잇다고하여도 그것은 다 거룩한「행동」의뒤끄트럭치에지나지못한다。 처음에「행동」이업다면 별수업시굶어죽엇지 생각할여유조차업섯슬것이다。 책상구석에서썜내고 진리니콧구멍이니외치지말어라。 한세의밥이업섯다면 철학자의대가리가 다 무엇말너죽은것이냐。 생각보다는행동하자! 나가자! 일하자!」

언제든지 결국은 정해노코도달하는 이 결론에다다랏슬때에 그의결심의빗은 또다시새로웟다。

「봉텬행 봉텬차——」

역부의외치는우렁찬독소래가 대합실에울니자 소란히웅죽이는군중에휩쓸녀 그는 가방을들고 늠늠하게자리를니러섯다。 뒤로도라서 남몰으는동안에 코밋헤수염을붓첫다。 모자는 될수잇는대로깁숙히쓰고 호복은될수잇는대로 질질끌면서 개찰구로 움죽여가는군중속에 석겨버렷다。

위대한흐름이엿다。 막을수업는흐름이다。 생활의 위대한——그것은 절대의흐름이다。 대합실 개찰구 충충대 푸랫폼 렬차 에셔지쌔친흐름——그것은 위대한흐름이엿다。 구하러가는사람 차저가는사람 계획하러가는사람들——모든생활자의위대한흐름을휩싸고 밤뎡거장은 비장한교향악을울넛다。 이 살어잇는군중을볼때에 그의용긔는백배하얏다

「불이번쩍나개 부드처라!」

아참에 회관에서작별한 동지의말소리가 다시귀에새로웟다。

렬차는 출발의의긔에 씩씩하얏다。

차안은 수만흔얼골에 생긔잇섯다。

의지。 결심。 창조。 얼골·얼골·얼골·얼골·얼골····

얼골——혼답한사이에 겨우 자리를잡고안저서 수염을떼고 안경을벗고 수만흔

얼골을휘돌라보앗슬때에 그의시선은 전넌편구석에잇는 엇떤얼골우에머물넛다。 그것은 몹시도핼숙하고 부드럽고 약간강한맛을씌인듯한 소년이엿다。 다 낡근 양복이며 깁히쓴캅이며 흡사 활동사진에나오는 루랑하는소년이엿다。 다만 빗갈이너무도희고 선이 연하고 가늘다름이다。

그는나려나 소년의압흐로가서 그의억게를잡엇다。 소년은 거급이나할듯이샘작놀나 깁히숙엿든얼골을들엇다。 한참동안이나 그를똑바로처다보드니 겨우 안도한듯이 후둑이는가삼을어루만지면서 우숨을씌우고 입을방긋열엇다。

「나는또 누구시라구요」

「그러케놀날것이야잇슴니까」

하고 청년도우숨을씌여보엿다。

「그런데 웬일이세요?」

소년은 청년의 의외의복색을 피의히녁이면서 아레우를훌터 보앗다。

「일이좀잇서서 봉텬까지갈렴니다」

청년은 나즉히 소년에게속삭엿다。

「봉텬이요?」

「네 일이잘되면 더돌어가구요?」

청년은 주위의눈을싀려서 나즉한목소리로 뒤를호리처버리고 말길을돌녓다。

「어데로 이러케갑니싸?」

「어덴지도몰으지요?」

소년의목소리는 별안간나저젓다。

「어덴지도몰으다니요?」

「닷는곳이 가는곳이예요」

눈물겨운 소년의목소리에 청년의얼골은흐려젓다。

「혼자요?」

「글세요 쏘 좃차오는지도 몰으겟습니다。」

하고 소년은 조심스럽게 주위를돌라보앗다。

「대관절 어제밤에는 엇더케되엿습니싸?」

하고 청년은 암담한얼골로 소년을바라보앗스니 그가온대에는 이러한이야이

가잠겨잇섯다。──

그전날밤이엿다。

오후여섯시를지나 도회의밤이시작될때 로동숙박소안은 바야흐로 생긔를띄여갓다。로동하러갓든사람 일못잡아 해전 거리를헤매든사람 집도절도업는사람──도회의배반바든 모든불행한사람이 해만지면 하로밤의잠자리를구하야 도회의씨그러진이집안으로 와글와글모여들엇다。그러나 이류미네슌과 헷라잇파 사이렌으로 돌북가치는거리에비하야 뒷골목의우중충한 이 숙박소는 버림을바든듯이쓸쓸하얏다。주머니가든든하니 생활에윤택이잇단말인가 제집이잇스니 세상이자미가잇단말인가 한닙의온전으로때를에우고 얇은백동전으로 하로밤의삶을매즈니합숙소의밤은 단순하고쓸쓸하얏다。다만 이슥히싸지 각방에서새여나오는 이약이소래 코고는소래가 묵묵한단조를깨칠뿐이다。

생판초면의사람이 여닐곱식 한방에모인다。그사이에는 톄면도업고 점잔음도업고 것반드름한례절도업다。거칠고무미는하나 솔직하고 거짓이업다。피차에성도

일홈도몰으는사이지만 외마듸에그들은마음을밧고 두마듸에사이는깁허지고 하로밤이약이에 온전히 단합하고 화하야버렷다。

북편구석에 외딸니박혀잇는 칠호실도 이제 이약이의쏫이피엿다。 발서 여러해를두고 그방에류숙하고잇다는 윤서방과 홍서방외에 감옥에가본일이잇다는사나회 항구에서왓다는젊은이 아라사에갓다왓다는청년 모다 색다른사람이 모엿섯다。 홍서방은 낫로동에피곤함인지 먼저잠들고 남어지사람사이에는 목침돌님으로 이약이가시작되엿다。 모인사람이 각각색다르니만큼 그들의이약이도 형형색색이엿다。 세상이약이 고생이약이 감옥이약이 항구이약이 배이약이 아라사이약이 이밤의칠호실은 조고만 세상의축도엿다。 거긔에는 넓은세상의지식이잇고 피로겨거온테험이잇고 쏙바른넌식이잇섯다。 대낫의거리에서 양장한색시에게달녀들어 녀자를긔절시키고 보름동안의 구류를당하고나왓다는 윤서방의이약이도 흥미잇는것의 하나엿스나 원산서해삼위싸지 캄캄한선창에숨어 물한목음못마시고 밀항을하얏다는 항구젊은이의이약이 로서아엇던도회에서 로동자의시위행렬에참가하야거리에서노래부르고 ××긔를휘둘러보앗다는 아라사갓다온 청년의이약이는 여러사람의 열파감동을자아냇다。더구나 청년의가지가지의불만파 조리닷는설명은 그들의산만한지식에 충일을주고 생각못하든것을씌여주엇다。그리고 그의힘찬결론은 듯는사람의피를 뛰놀게하얏다。

이러케하야 방안이 이약이에정신업슬때에 낫몰으는소년이 하나들어왓다。이약이는긋치고 방안의주의는 그리로향하얏다。날근양복에 캡을깁숙히쓰고 얼골빗햇숙한소년이엿다。역시 하로밤의안식을구하야온 불상한소년이엿다。

거촌사내들이 들끈는 로동숙박소는 얼골이햇숙하고 간엷힌소년의올곳이못된다。귀한집자식이면 집에서밥투정을해도 아직망발이안될그나이에 아무걱정업시학교에가서 공부에만힘써야할그나이에 이러케 거촌파도에밀녀 세상의참혹한리면에 차저오지안으면안된 소년의운명이 첫눈에애처러웟다。

쌋쌋하고 단단은해보엿스나 얼골모습이며 몸집이며 부드럽고 연약한소년이엿다。엇전일인지그는 맹수에개쫏기는 양파가티 겁을집어먹고 불안에실눅실눅썰엇다。마치 옛이약이에나오는「불상한소년」이엿다。

「어데서오는소년이요?」

하고 물엇슬때에 대답은하지안코 소년은 쓰다가버린 숙박신입서한장파 숙박권을내보엿다。

열여들살되는 직업업는 소년이요 래숙의리유는 역시 잘데업는까닭이라는것이외에는 아무별다른사항도 쓰여잇지는안엇스나 소년의불안한긔색과 조심스런태도로보아 신변에 엇던심상치안은일이 니러난것이 확실하얏다。

「무슨불안한일이나잇소？」

「아라사」가 부드럽게물엇슬때에도 소년은 깁히쓴모자를 더욱깁히쓰면서 역시대답을주저하얏다。

박게서 수군수군하는 이약이가들니고 별안간바람이문을휙 스치자 소년은긔급이나할듯이놀나면서「아라사」의팔을꽉붓들엇다。광채나는눈으로 문을바라보는그의전신은 부르르떨녓다。그는마참내 좌중을돌아보면서 안타까운목소리로 애원하얏다。

「제의몸을좀 숨겨 주세요！」

「……………？！」

좌중은 이 당돌한애원에 영문을몰나서 멍멍하얏다。

「제발 잠간만 은신을시켜주세요」

재차애원하는목소리는 눈물겨웟다。「아라사」는 소년의팔을붓들면서 물엇다。

「무엇에 쫏겻단말요?」

「네 저를잡을랴는사람이잇담니다」

「순사란말요?」

「아니예요 얼는좀감처주세요」

박게서는 발자국소리가 저벅저벅낫다。엇절줄몰으는소년은 초조한마음에 자리를니러서서 설설헤매엿다。참아 볼수업는정경이엿다。그것을보는사람들의 애가다탓다。한시라도 주저할경우가아니다。어데다감추어주면조흘가。이불속에? 그것은너무도 지혜업는은실일것이다。좌중은 초조와당혹에 엇지할바를몰낫다。눈치빠른「아라사」는 벌덕니러서서 건넌편벽장을 손쉽게열엇다。민첩하게 소년을들어서 벽장속에넛코 부릿나케문을다더버렷다。

아니나다를가 벽장을닷치기가밧부게 박게서기침소리가 놉히들니드니 방문을

연다。일동은 긴장된마음으로 박글내다보앗다。

순사는아니엿다。삼십이넘어보이는 수염거츠런사내와 키가후리후리한 중국사람하나가 문박게서서 말도업시 념치조케 방안을살펴보앗다。자세히훌터보고 또훌터보앗다。고개를갸웃하고 생각하다가는 의심스런눈으로 또드려다보앗다。그러나 결국 그들의찻는대상이 업슴을깨달엇슬때에 두사람은 무어라고한참짓거리드니 마참 수염거츠런사내가 방안사람을보고물엇다。

「캽쓴아이하나 여긔에안왓슴니까?」

「안왓소」

아무주저업시「아라사」는 한마듸로 엄연히대답하야버렷다。

「정녕 안왓소?」

고개를다시갸웃하드니 그사내는 재차 눌너물엇다。그러나「아라사」의대답은여일하엿다。

「안왓소!」

「캽쓰구 양복닙은아이말요」

의심겨운사내는 추군추군 또한번물엇스나「아라사」의여일한대답은 반갑울닐이킬만치 엄연하얏다。

「안왓달밧겐!」

사내는 어그러진긔대에 노긔를품엇는지 방안을노려보드니 문을닷고 호인파무엇인지의론하면서 나가버렷다。

방안의긴장은풀녓다。죽니러나섯든그들은 안심하고 자리에안젓다。겨우 안도가왓다。

「다들갓서요?」

하고 소년은 벽장문을열고 뛰여나왓다。적지아니 안심한듯하얏스나 불안한긔색은 아직도 다 사라지지는안엇섯다。너무도고마운 그들에게대하야서는 무엇이라고 사의를표하얏스면조흘는지 몰낫다。

「대처 그가 누구란말요?」

「재당숙이예요」

「당숙에게웨쫏김니까?」

「……………」

소년은 한참이나말이업섯다。 그러나 하도여러번뭇자 그는나종에 눈물겨운목소래로 그의파거와 전후곡절을 대강대강이야이하얏다。

——고향은 황해도의엇던해변이엿다。 몃해전에 단하나미덧든형을 일허버리고나니 할수업시 늙은어머니와그는 당숙에게의지하게되엿다。 당숙은 원래 넉넉지못한데다가 술이파하얏다。 그우에 장사를하네무엇을하네하고 동리의거상인중국인에게서 만흔빗을냇다。 갑흘능력이업는그에게는 이것이점점큰짐이되엿다。 나종에할수업시 그는 중국인의요구대로 당질을 호인의손에넘기게되엿다。

——호인은 소년을배에실고 중국으로 데리고들어가랴하얏다。 파상한배속에서 소년은 공포와고독에울엇다。 그러는동안에도 항상 몸을빼칠긔회만엿보고잇섯다。 마참 배가엇던조고만섬에 돗을내렷슬때이엿다。 소년은 그와운명을가티한 자긔ᄯᅩ래의동모들파게획하야 대담히도탈선을쎄하얏다。 어둠깁고 바다검은 어렴풋한달밤이엿다。 무서운선인들의눈을피하야 그들은완전히 섬속에몸을감출수잇섯다。 섬사람들의 동정파호의로인하야 섬배를타고 다시해안으로건너왓슬때에 소년은그

길로즉시 서울로향하얏다。그러나 발서그기미를알어차린호인은 뒤를밟아 당숙을실고 서울까지쫏차왓섯다。날근양복과 깁흔캽에 깜적가러분장은하얏스나 눈치빠른그들은 용하게도뒤를쫏찻든것이다。——

의지할곳업는가정 몹슬당숙 어린소년 흉한호인——흔히잇는일이다。좌중은 이 어린소년의 긔구한운명에 놀나지안을수업섯다。

「그래서나종에는 여긔까지뛰여들어왓습니다」

하면서 소년은 눈물을시섯다。

「아까의그들이 바로 당숙과그호인이요?」

「그럿탑니다」

소년의대답이 끗나기도전에 방안에는벼락이내렷다。소년은 파랏케질녀서 그자리에화석하야 버린듯하얏다。——문이번개가티열니면서 아까의수염거츠른사내와 호인이 또다시낫하낫든것이다。노긔에 상은찌그러지고 거츠른수염이 밤송이가티 까스러젓섯다。날사게 그사내는 문지방에몸을걸치드니 소년의팔을 거츨재잡아낙군다。

『이년아 가면네가어될간단말이냐!』

소년을보고 변안간에 년이라고하는 모순된말소리에 방안은다시놀낫다。모다 멍하야 말할바조차몰으고 사내와소년을 둥분으로바라보앗다。

사내는 반항하는소년을 온전히ᄭᅳᆯ어댕겻다。노긔에전신을셜면서 엇절줄을몰낫다。

「못된계집아이가트니 요리조리피해단이면 엇더케할소견이란말이냐」

하면서 협상굿게 소년을쥐여박엇다。그바람에깁히썻든 소년의모자가 버서저다라나고——방사람의놀남은컷다——서리서리틀어올녓든머리채가 검엇케풀녀나렷다。간엷흐든「소년」은 별안간 늠늠한처녀로변하얏다。가는눈섭 흰이마 검은머리 다시보아도 늠늠한처녀엿다。

방안사람들은 미들수업는듯이 의아한눈으로 그를ᄯᅩᆨ바로바라보앗다。중세긔의 연극에서나 니러남즉한일이지 현실에서는 생각키어려운일이기ᄯᅢ문이다。그러나 아모리보아도 엄연히 그는 늠늠한처녀엿다。

「당숙말대로하면 그만이지 어린계집년이 이게무순요망한짓이냐 응」

당숙이란자는 호인에개대한변명인듯도하게 호인을바라보면서 처녀를수지젓다。

그러나 처녀는말업시 울다름이엿다。

「고러케굴면 굶어만죽엇지 별수잇나?」

「죽어도조와요 그런놈에게는가기실혀요」

참을수업서 처녀는 늣기는목소리로댓구를하얏다。

「고래도요망을피우네 집의늙은어머니를 좀생각해봐라」

하면서 그자는 처녀를모질게쏠어냇다。

「이 안된놈아!」

잠잣고잇든「아라사」는 불시니러나서 닷자꼿자로 궐자를주먹으로쥐여박어 그자리에쓸어토렷다。

예긔치안은공격에 힘업시쓸어진그는 다시니러나서 대적하얏다。「아라사」의의분도크니만치 그사내의위세도 험상구즈니만치 두사람의싸홈은 맹렬하얏다。

문박게는 어느듯 사람의파도를니루웟다。잠들엇든 각방사람이 때아닌밤소동에새여나서 끈한눈을비비면서 모여들엇다。나종에는 사무원파주임새지 사람을

헤치고돌어왓스나 그들역시 엇절줄을몰낫다。

싸홈은어우러젓다。방안사람들도 가만히보고잇지는안엇다。가튼의분에타올으는 수만흔주먹이 그「못된놈」「죽일놈」우에 날엇다。

느즌밤의숙박소는 어지러웟다。이 어지러운사이에휩쓸녀 이때싸지서잇든 호인의그림자는 사라저버렷다。처녀의자태도 금시에보이지안엇다。

정신업시싸우든그들을 겨우 그런줄을알엇다。호인에게쓸녀간 처녀를생각하고 이때싸지싸운것이 물거품에도라간것을 새달엇슬때에「아라사」의실망은킷다。전신 피투성이가된사내도 이름을타서 슬금슬금 도망질을처버렷다。

이러케하야 쓸쓸하든밤의합숙소는 한바탕 끓어올낫든것이다。

이밤의「아라사」와처녀가 즉 이제 이봉텬행렬차안의 호복한청년과 캽쓴「소년」임은 다시말할것도업다。중대한직무를씌인관게상 하로밤의피신이 절대로필요하야 일부러 궁벽한합숙소를 차저왓든청년은 이러케하야 역시 마수를피하야 은신하러왓든처녀와 알게되엿든것이다。

렬차는 힘차게달기시작하얏다。복잡한자리엽헤 기대선청년은 한편 반가운마음에도 의심적어서「소년」에게물엇다。

「대처 호인손에서는 엇더케빠저나왓습니까?」

「소년」은 얏흔목소리로 전날밤에니러난 그뒷일을 일일히이약이하얏다。호인에게쫄녀 거리에나오자 돌연히 놉흔고함을질넛다는것 파도가티모여드는군중에 울면서호소하얏다는것 군중이호인을잡고 시비하는동안에 사람의틈을빠저서 다라낫다는것을 자세히이약이하고는 붓그러운듯이 청년을바라보면서

「그뒤에바로가서 머리싸지싹거버렷서요」

하드니 모자를벗고 샛밝안머리를 들어내보엿다。「소년」의 대담하고용감스런 마음에 청년은 자못놀낫다。

「아니 그러케하고 대처 엇더케할작정이요?」

「멀니멀니 가버리고십허요」

「늙은어머님은 엇더케하구요」

「뵈이고는십흐나 싀골가면 또붓잡히고야말것임니다」

「……………」

「서울도위험하고 고향도못살곳이라면 차라리 낫서른곳에 멀니멀니가버리는것이낫지요」

「그러나 잔약한몸을가지고 거츠른세상에 정처업시나가면 엇더케한단말요」

청년은 하도딱해서 암담한얼골로「소년」을바라보면서 이러케말하얏스나 그것은그러케싸지결심한「소년」에게는 아무광명도 도음도되지는못하얏다。 쏫피고베니는 아름다운삼천리동산을두구도 밀녀나가고좃겨나가는 우리의정경을「소년」은임에「서울도위험하고 고향도못살곳」이라고늣겻거늘 청년은새삼스럽게 무엇이라고말할수잇섯스랴。

요란한렬차안에서 그들사이에만온 침묵이흘넛다。

렬차는 열정을가지고달넛다。 잡도를실고 생활을실고 비극을실고 쉬지안코 북으로북으로달넛다。

렬차의달는소리에귀기울닌 청년의마옴속은「소년」의생각으로그득하얏다。 잔약한처녀가 거츠른세상에길써난다。 의긔는용감스럽고 사랑스러우나 결국 파도의아가리에넘어가버릴 잔약한수부(水夫)일것이다。그 나어린수부는 빼져나기전에전저야한다。그러나 그러케생각하는내자신도 일각후의운명을해아리지못하는 위험한몸이다。무슨힘으로 그를건질수잇슬가。——여긔싸지생각하야왓슬때에 청년의마음은숣혓다。자긔자신의무력을 분개도하얏다。결국은 늘다다르는결론「나가자 일하자!」에싸지니르자 수만흔군중의잡도를뚫고 무섭게빗나는「싀꼴쓰기」의시선이 돌연히 청년의눈파부드첫다。청년은 썀작놀낫다。그는겨우「소년」의생각으로하야 니저버렷든자긔의중대한직무와책임에 쌔어낫다。이동경찰의그물은 물샐름업시풀녀잇섯다。그 그물을뚫고 나가지안으면안될 그의책임이 천근가리무겁게의식되엿다。

쇼멩의우에 챵의을닙고 그우에쇼마파 다시그우에마파 이러케여러겹으로 쌈적가티차린호복도 쓴임업시빗나는수만흔눈압헤는 오히려 안전을보중하지는못할것갓햇다。그의손은 무의식적으로 쇼마파의구대(주머니)속으로갓다。그속에는중요한서류와 만일의경우에몸을막어야할 ……가돌어잇섯든것이다。손아구에쌔돗이드는 무긔의감촉은산뜻하고 신선하얏다。

구•대•속에서손을빼고 어두운창박글향하얏든몸을 이쪽으로돌니자 청년의시선은 이쪽을노리든 독사가튼눈과 또마조첫다。그는 불의에 소스라첫다。짝달막한「시골뜨기」의 그 날카라운시선이 점점불안하야왓다。

그는 울울한마음에「소년」을 그자리에안처놋코 문을열고 갑판우흐로나갓다。그러나 거긔에도사람은 그득하얏다。그사이로 괴상한눈이 역시빗낫다。다시 자리로돌아왓다。렬차의속력은 차차주러지드니 긔적을울니면서 정거장에들어갓다。오르고나리는사람으로 차안은동요하얏다。「시골뜨기」들도 각각내리고 새것과교체하얏다。그릴때마다 청년은 안도와불안의 모순된 이 두가지감정을동시에늣겻다。

내릴것은내리고 실을것은실은뒤 차는 다시움즉이기시작하얏다。차안은 여전히혼잡하얏다。

청년은 감엇든눈을가늘게뜨고 검은안경밋흐로 저편구석을바라보자! 아까의 그독사가튼눈과 또마조처버렷다。가삼이뭉쿳하얏다。손이또다시 무의식적으로구•대•속에들어갓다。

그는 벌덕자리를니러나서「소년」에게로갓다。피끈함인지 무엇을생각함인지 자리에깁히뭇처 눈올감고잇든「소년」은 청년의목소리에 눈올번쩍썻다。

「여긔잇는것이 불안한듯하니 식당차로갑시다」

청년은「소년」올데리고 객차를두엇것처서 식당차로갓다。

텅비인 식당차는 조용하고시원하얏다。「소년」에게는 차와먹을것올식혀주고 그는 울울한마음에 맥주를되려켯다。주긔는전신에돌앗스나 정신은더옥맑어갓다。그의맑은정신에는 새삼스럽게 현재가또렷이내어다보엿다。불안한밤 렬차「소년」자긔──자연의성올감추지「안으면안되는」「소년」국적올감추지「안으면안되는」자긔──를 웅시할때에 그는 마음이압혓다。더구나 살풍경한양복조가리에 천부의성올가리고 그우에 셧셧한용모까지 이즈러트려버리지「안으면안된」처녀를바라볼때에는 자긔의누이동생과도가튼 어린그에게대하야 눈물올금할수업섯다。누이동생이라면 그에게도「소년」파가튼 누이동생이잇섯고「소년」에게도 청년파가튼옵바가 잇기는잇섯다。청년은문득 오라간만에누이생각이낫다。그는 오래전에죽엇섯다。굶고 병들어죽엇든것이다。주사한대면훌륭히살닐것올 그것도못해준

그엿다。그생각을하면 가삼이압흐고 쌔가저렷다。그는 한갓 구든결심으로 그압흔가삼 저린쌔를 억제하야왓든것이다。

창박게어둠은깁고 식당차는 경쾌히흔들넛다。

맥주와생각에취하얏든 그는 그엽테불에진치고안즌 두사람의새손을 겨우발견하얏다。매섭게이쪽을노리는눈 낫닉은눈이다——아까부터 그를좃는 무서운눈이엿다。이 지긋지긋한「싀꼴쯔기」의출현은 마치 유고의쟈벨의출현파도가티 청년을위협하얏다。

그래도청년은 태연하고 침착을일치는안엇다。그러나 그자리에오래버티고잇는것이 불리함을깨달엇슬때에 그는「소년」을이끌고 그자리를니러섯다。

불현듯이 그의억개를 탁잡는것이잇섯다。그리고 그의압흘막는것은 그「싀꼴쯔기」엿다。청년은무긋하얏스나 자약하게 압흘쌔리치고 나갈랴하얏다。그러나 그들은 청년의팔을붓잡엇다。

「일은 니러나고야말엇구나」

그는편적늣기자 잇는대로의용긔와힘을 다내엿다。이러케된이상 해볼대로는해봐야할것이다 하고 니를썩물엇다。 그의압헤는 발서 아무것도업섯다。 힘차게팔을 쌧치고 쏜살가티문쌔로향하얏다。 그들도 부리낫케 뒤를쫏찻다。

별안간 불이탁써지고 식당차는 암흑으로변하얏다。

영문을몰으는「소년」은 한편구석에서 숨을죽이고 소스라첫다。

캄캄한어둠속에서 살부드치는소래 거친숨소래가들넛다。 사내와사내는 맛붓고 힘파힘은충돌하고——맹렬한격투가 시작되엿든것이다。

부드치는소래가낫다。 너머지는소래가낫다。 옷찌저지는소래가낫다。 갓븐숨소래가 돌넛다。 비명이올낫다。

탁자가쓸어젓다。 병파잔이새트러젓다。 산산히부서지는 유리조각이 어둠속에휫긋휫긋날넛다。 다시비명이올으고 회각소래가올넛다。

렬차는 작고달넛다。 렐우에날느는 박휘소래는 회각소래를 집어삼켜버렷다。

돌연히! 차안의어둠을뚫고 찰나의불꼿이번적엿다。 창이새트러지고 유리조각이날넛다。 화약연긔가피여올낫다。 총성이 어둠속에진동하얏다。

렬차는달고 밤은어두엇다。

두번재총성이 어둠을세트렷다。

사람의비명이울으고 자리에쓸어지는 소리가낫다。

세번재의총성이 또다시 차안에진동치자 한편구석에서 공포에떨고잇든「소년」은 문득 숨찬청년의목소래를단한마듸 귀밋헤들엇다。——

「언제든지 또다시맛납시다!」

식당차의문이열니면서 날산사람의그림자가 박그로 번개가티사라저버렷다。

폭풍우는지나갓다。어둠속은 다시고요하얏다。

역시 한편구석에오무려처잇든 ᄲᅩ이들은 무시무시떨면서 서물누기시작하얏다。스윗취를트니 차안은다시밝아젓다。지긋지긋한수라장이엿다。쓸어진탁자 부서진의자 흐터진유리조각 새트러진창 찌저진옷조각 바닥에는피가림리하얏고 그속에 코를박교 두사람의사내가 ᄭᅳᆷ직하개쓸어저잇섯다。그것이 청년이아님을알엇슬때에「소년」은 무서운가온데에도 안심되엇다。그러나 대처그는어데로갓나?「소년」은 청년의그림자를차저서 박그로나갓다。

렬차안은 요란하얏다。사람들은 이 무서운사건에 전률하고 수군그렷다。

식당차는 발끈뒤집혓다 긔수가뛰여오고 차장이달녀왓다。「식팔쓰기」들이몰녀들고 뽀이들이 심문을당하얏다。

객차와객차의길은끈키고 차간이란차간은 물샐틈업시 수색되엿다。 그러나 청년의그림자는 뼝켜먹은자리요 그의종적은 묘연하얏다。

객차의자리로돌아와 밤깁흔창박글바라보는「소년」의가삼속은 피상한청년의생각으로 그득하얏다。 그에게는 퍽도친절하얏다。 의리가밝엇다。 의협이불가티탓다。 얼골은 엄숙하얏다。 힘이장사요 용긔는맹호갓햇다。 이 피상한청년을생각하는「소년」에게는 문득 오래동안니젓든 그의옵바의생각이떠올낫다。 그역시 색다른옷도닙고 급할때에는 코밋헤수염도 부처보앗다。 눈날리는북국에가서 어러도보고 요란한중국에가서 연설도하얏다。 아라사도갓섯고 옥에도가보고 서울서도망질도처보앗다。 그러다가지금에는 죽엇는지살엇는지 여러해동안 자최가아득하얏다。 풍설에의하면 쁘라질에갓다는말도잇고 혹은 인도에갓다는사람도잇고 다시 아라사에갓다는소문도들녓다。 그러나 어느말이올흔지 하나도 것잡을수는업섯다。 그옵바의생각이 불현듯이「소년」의가삼에 떠올낫든것이다。 그옵바가 지금 고향에잇섯드라면 자긔의이러한비극도 니러나지는안엇슬것이다。하고 생각할때 「소년」의 눈은 쓰거워젓다。그는다시 옵바와 청년을비교하야보앗다。긔상이라든지 용긔라든지 그들은엇저면 그리도똑가튼가。그청년이 지금 나의옵바라면 오작이나깃불가。그러나 그는어데론지 사라저버렷다。늠늠하고 훌륭한그들이 웨 싸우고 피하고 좃기고 사라지지안오면 안되는가——어렷슬때에 이야이잘하든 옵바밋헤서 자라난「소년」은 이제와서 똑바로 그무엇을 파악하얏다。

긔차는 여전히달녓다。

차안은 아직도 소란하고 수물그렷다。「싀골띄기」들의눈은 더한층반작엿다。

그러나 그것이「소년」에게는 한업시 어리석게보엿다。지혜잇는청년 비호가톤청년온 임의 쌈적가리 종적을감처버린뒤이다。그는 지금에는 발서 다른곳에서 다른길을뚧고 나갈것이다。

「아모조록 조심해잘나가세요!」

「소년」은 마음속으로 청년의압길을 축복하야주엇다。그리고「언제든지 또다시맛납시다!」하든 청년의말소리를 생각한그는

「그동안에는 나도배우고알어서 다시맛날그때에는 그와 가티손을잡고 일할만한훌륭한 나의자태를 보여주자!」

하고 처녀답지안은 용감스런결심을 마음속에굿게매젓다。

어둠을뚫고 렬차는맥진하얏다。

어둠의거리(距離)는 각각으로줄어갓다。

밤은언으듯 새벽을바라보앗다。

새아참을향하야 맹렬히달니는 수레박휘의 우렁찬음향——그것은 위대한행진곡가티「소년」의피속에 울여왓다。

追憶

넷이약이의하나이다。

넷이약이라니 태고ㅅ적이약이가아니라 나의생애의 비교덕일흔시절에 속하는 이약이란말이다。

일흔시절이라고하야도 나의나히 지금 오십의고개를 반도채못넘엇스니 일흐고지지고 할것이업지만 철들고눈뜸이 나날이새로운 지금으로보면 무폭하고주책업든그때는 넷시절이엿섯다。따라서 이 이약이에나 이약이속의행동에 지금으로서본다면 어리고 불미한짐이 만흘것이다。그러나 그것은 그만한시간의 핸디캡을부처가지고 넘어주어야할것이다。

해마다해마다 겨울이되여 굵은눈송이가 함박가티퍼붓는시절이면 스스로 생각나는이 만타。깁흔겨울 고요한밤 가난한화로전을세고 창박게퍼붓는 눈소래를들을때에 해마다겨울마다 변치안코 생각나는것은 일즉이작별한 로군이다。이글이글라는 폐치카를둘너싸고 탁탁튀는석탄소래와 사모왈의물끌는소래를들으며 검은창박게날니는눈을 때아닌꽃으로알며 붉은책 노랑책들치면서 넷날의왕자와왕비이약이에 꽃피울 그 북국의겨울을 이땅을써난지오래인그는 지금 엇더케나지나고잇슬가 하고생각할때에는 그에대한회포 한층더깁다。엇던눈구덩이에가 파뭇치지나안엇슬가 깃드릴곳업시 깁흔밤의추운거리를 벌々썰며 헤매이지나안올가 그러치안으면 마을솟헤쌀랑쌀랑 방울소래남기며 개에메운설매타고 눈깁흔벌판을 달고잇슬가 혹은 엇던거리의 으슥한회판에모여서 낫서른동지들파한쐐일을쐐하고잇슬가…… 생각할사록 궁금하야지고 동무의자태가그리워진다。그러나 그가이곳을써나 북에잠긴지 임의오래이고 그후로는 도모지소식이업섯스니 그의생사조차 알길이아득하다。

이제 고요한밤 호올로 화로전을세고안저 박게합박눈소래를들으랴니 그의뒤ㅅ일을 궁금히녁이는회포 심히간절하다。

큼직하든로군。호긔롭든로군。그를생각할때마다 변함업시 나의머리속에써올으는것은 당시 군의가뎡에니러낫든 조고만이약이이다。녯날의왕비이약이는 페치카를둘너싸고 사모왈쓸는소래에귀기울니는 그들에게맷겨두고 로군을생각하는나는 눈깁흔이밤 여긔서 이약이를 뒤푸리하려한다。

생각하면 로군은 나의가장친한동모의 한사람이엿다。죽마고우는 아닐지라도

막여지정이 두마음속에 깁히뿌리박고잇섯다。하기는 세상에 죽마고우라는것도 다 미들것이못된다。자라서 뜻이달으고 길이어긋나면 대천지원수로변하는수도 업지안어잇스니새말이다。이와반대로 이르는바 죽마고우가아니고 사피인지 불파사흘일지라도 생각이맛고 행동이갓다면 죽마고우지정이상 몃몃배의 더구든정이 두마음을 한슨에 굿게얼커매놀것이다。임의 중학을가티하얏스니 비록 사흘의 사핌은아닐지라도 로군파나와의경우가 이러하얏다。

중학도 삼년을맛치고 사년이되면서 부타는 방야흐로 철이나고 섬이들째이다。단순하고도 하잘것업는 학과를파지지만말고 좀더눈을넓히써서 류달은책도넓어보고 동모와모여안즈면 색달은이야이도 하여볼째이다。환경파생활을의식하고 넓은세상을짐작하고 사회를알고 시대를늣기고 세상의여론에 모름즉이 관심을가지기시작하여야할째이다。

로군파나와의사이가 갓가워진것도 이런째이엿다。몃해동안 서로 무심하얏든것만큼 뜻이맛는이상 두사람의친분은 컷다。름만잇스면 가티모이고 모여만안즈면 이야이엿다。철저치는못하나마 일즉이 크로포트킨을애독하고 레닌을알고 맑쓰를짐작하얏다。여름의 서늘한나무그늘속을차줄째나 겨울의 싸뜻한 화로전을쐴째에나 항상 이런이들의저서를 품에진이지안은째는업섯다。「상호보조론」의영역을 삿슬째이다。어찌도 그것을애지중지하얏든지 표지를싸고 속을앳기고 둘업는보배로 녁엿섯다。다른책 다제처노코 넑기시작하야 좀 부치는 영어의힘에 수만흔단어를 충실히차저가면서 한줄두줄 한장두장 쑤준히넑어간것이 불과 몃달이안되여「상호보조론」영역한권을 훌륭히 독파하얏섯다。넑고만나면 앳김업시 동모들에게 돌녀가면서 빌녀주엇다。좀 암직한동모들을모아서 책넑고토론하는 토요회(土曜會)를 조직하야 씃싸지 쑤준히쓸고나간것도로군이엿다。엇더튼 잘넑고 잘배우고 잘이야이하얏다。째로는 입에거품을품으면서 모여안즌 학우압헤서 마음쩟 써들어도보고 째로는 분긔등등하게 세상을 비분강개도하얏다。사실 그열정만은 누구나 다 맛당히 가저야할것이엿다。그리고 이째에발서 그에게는 상당한리론의톄계가 보금자리잡고잇섯다。말하자면 그는 임의 손아구에 든든히파악한것이잇섯다。그리고 그톄계가 점점조직뎍으로 구더갈수록 그열정도 차차커가고닉어갓다。그째로보아서는 자못 놀나운일이엿다。

이러한로군과 뜻파생각이맛는나와는 나날이 절친하야젓다。책도책이려니와 나종에는 돈주머니까지 내것네것업게된 무돈착한마음씨도 시원한것이지만 그의 굿세인용모도 나의흥미를끄으는것의 하나이엿다。거친살로 되구말구쏘아논 선굵은조각——이런늣김을주는것이 그의얼골이엿다。크고도검은눈에는 열정이출출넘치고 반듯한코ㅅ날은 강한의지의초ㅅ점이엿다。넓은이마는 밝은지혜의권화인듯하고 단단한몸집에 굵게쌔리박은 목덜미는 무진장의정력을 감추고잇는듯하다。이런얼골에어울녀 이를데업시 조화를주는것은 그의 검은 대모태안경이엿다。

로군역시 반갑지안은 중산계급에태여난 한사람이엿다。군의부친은 당시 수급관청의 베슬아치엿다。그러나 로군파뜻이마줄리 만무하얏다。그럼으로 그는 가뎡의싸뜻한맛이라고는 몰으고자랏다。자연히 집을실혀하고 박글그리워하얏다。현대교육의허위를늣기고 일본으로 가만히건너뛴것은 그가 중학을맛치든해봄이엿다。거긔서 로동을하면서 세상을알자는생각이엿다。다시 바다를건너와 마즈막편지를남겨노코 끔직이도큰포부를품고 북으로 영영종적을감처버린것은 바로 그해여름이엿다。

이만하야두고 잠깜 이약이로 옴겨가자。—

× × ×

로군이 중학을단일때이엿다。

일흔여름 어느날아참 로군의집에 난데업는도적이들엇다。집안은 한바탕 발끈뒤집혓섯다。——고하야도 현장에서범행하는 도적을 잡은것이아니라 겨우아러채이고 집안이들석하얏슬때에는 임의 도적을 마준뒤엿다。도적마준뒤에 도적이야! 한들 무슨소용이잇스랴。아참에들엇는지 그전날밤에들엇는지도몰으는 도적을 이제와서 야단을한대야 도적이 나설리 만무하얏다。그런변을당한것이처음도 처음이려니와 무엇보다도 피해가적지안엇스니 법석을안할수도업섯다。현금백원만하야도 보기에따라서는 결코적은돈이아니니 게다가 시계 양복 온잔하고보면 결코 피해가적다고볼수는업섯다。집안은 요란하얏다。그러나 로군과 그의아우들은 임의 학교에간뒤엿다。

일도 딱하재되기는 되엿섯다。 도적이들어도 하필 로군의부친의방에엿다。 박게일이잇서 방올비우자 공교롭게도 도적이엿다。 다른것은 고사하야두고 단벌의양복이업서젓스니 뎨일시급한것이 출근문뎨엿다。 의거리를열어제치고 장속을들치고 벽장속올두진대야 업서진양복이 생길리만무하얏다。 아무리 소동올닐으켯스나 집안사람은 한사람도 도적의 그럴듯한실마리를 종잡는이업섯다。 아참에도 그전날밤에도 이상스런사람의출입은 업섯고 물론 집안사람의나드리도업섯다。 방이래야 빠니건나다보이는 사랑방이니 잠시비어두거나 안비어두거나 별다름은업슬것이다。 그러나 현에 도적을마준것을 엇더케하랴。 가방속에든돈을 쥐가안무러가고 벽에걸닌양복이 제발로안걸어갓다면야 도적은 확실한도적이다。 도적이라면 쥐도마음대로못드나드는 성벽가튼가뎡에 여사로침입하얏스니 용하기도하다。 양복파계시가튼것야 눈에띄우는것이니 손쉽게집어갈수잇스려니와 가방속에 깁히뭇친 현금백원을 감쪽가티 빼낸것은 사실 귀신을 울닐노릇이엿고 더놀나운것은 농속깁히 싸두엇든 은잔올 들어간것이다。 이것은 너무도놀나운일이엿다。 그만콤 수상도하얏다。 깁히파무친 그은잔의존재를 발견하랴면 적어도하로종일동안을 허비하여야할것을 불과몃분동안에 곱게돌어갓스니 엇지 놀납지 안으랴。동시에 피상한일이요 의심적은일이엿다。이것이 마참 그엇던암시를주엇다。——

두말업시 안잠재기와는모를 다젓다。범행을하얏거든 곱게자백을하라고 권유도하야보고 벌을주겟다고 위협도하야보앗다。그러나 아무리다진다하야도 업는죄야 엇지잇다고할수잇스랴。마참내 밧게잇는행랑어멈까지 불너드렷스나 그들의태도로보아서든지 말을듯든지 역시 혐의를건것이 애무할뿐이엿다。그리고그돌의말을들으면 전날밤에 대문은단단히잠것섯고 행랑과안채사이에잇는 중문도단단히 단속하엿든것이엿다。그리고 자정때까지는 별다른사람의출입은 일절업섯다한다。담이놉고 문이단단한다음에야 엇지 박게서 도적이들수잇스랴。그러면안에도도적이업고 박게서도들지안엇다면 하날에서써러지거나 땅에서솟지안은다에야 그도적이 어데서생겻단말인가。

나종에는 도란계까지하고 갓가운뎐당포까지 수소문하야보앗스나 역시 아무단서도 잡을수는업섯다。그러는동안에 학교에갓든로군파 그의아우들도 학교를

파하고 도라들왓섯다。그러나 그들에게는 더구나 아무생각나는바업섯다。요새 가난한사람이 날노생기니 도적맛기도 여사가아니냐는것이 로군의하는 단한마듸의말이엿다。

그러자 그날저녁때는되여서 사랑방책상우에서 다음과가튼글발이발견되엿다。이것으로하야 사건의진상을 얼마쯤밝힐수잇섯다。그것은 가해자가 피해자에게 써노은 글발이엿다。가해의동긔 가해자의심경 사과 량해를비는말을 급한글시로 휘휘내적어노은것이엿다。

너무도 미안합니다。미안한줄알면서 이런짓을 하지안으면안된것이 더욱 미안합니다。

그러나 결코 사복을채울냐는것은 아닙니다。저는지금 엇던조고만회의일을보고나감니다。여긔서 무슨회라고 회의일홈을 못아리켜드리는것을 용서하시요。요번에마참 엇던일이돌발하야 회의얼마간의경비가 썩 필요하얏습니다。원래가 가난한회임으로 회의얼마안되는경비로는 도저히 그런것을일일히써갈수업기에 여러가지로 주선하야보앗스나 뜻대로되지안코 그러타고맛당히처리하여야할일을 그대로내버려둘수는 절대로업고 일도원치급한일임으로 마참내 이짓에까지 밋치게되엇습니다。 결코 사복을채울나는것은 아님니다。 수만흔사람을위한일에 바칠랴는것임니다。 그것을 미더주시고 량해하야주세야합니다。

그럼웨 당당하게와서 보조라도해달나지못하고 이따위짓을하느냐고 하시겟지요。 그러나 그러케하야서 일이잘된다면 오작이나 고마운세상이겟습니까。 그러치못한세상에나서 이런향긔롭지못한짓을 하게된것만 슬픈일이아닐까요。 엇더튼 잘 량해하야주시고 너무 노여는마시요。

요번일이 잘 해결되고 후일 회의경비도 충실하야지면 이번의피해는반듯이 되로갑허드리겟습니다。 일이원치급해서 이짓에까지나왓다는것을 겁허말합니다。 너무 요란하게하시지는마시요。

주제넘게 이런글발도 안남겨놀것이오나 처음으로 이런일을 당하신다면 너무도가중한행동에 놀나실듯하야서 두어자적어 량해를비는바이올시다。

오전두시쯤

가해자

종일동안복가처도 알길이업든 도적의정테는 여긔와서 명백히나타낫다。 가난한회를위하야 일을하야나가는사람이 긴급히필요한 회의경비를 어들랴고 마참내 범행을하얏다는것을 알엇슬때에 그런일을당한것은 섭섭하얏스나 그런줄을안것은 도리혀시원한일이엿다。 범행을하얏스면 그만이지 그뒤에 자긔의마음속을고백하야놋는다는것은 한편으로보면 얄밉기도하나 다시한편으로보면 그너너한태도가 사랑스럽기도하얏다。 집안사람들은 갓지안은듯이 나종에는 우서버렷다。

「오래살랴니 별꼴을다보겟구나 도적질을하면서 편지질은웬편지질야」

「시체도적은 문명을해서 그럿탐니다」

하나 그런글발이래도남겨서 그런줄을알게한것은 시원한일이엿지만 그래도마음에 꼭씨이지안는것은 가해자의침입한경로와 손쉽게한범행의 맑은흔적이엿다。 새로두시쯤에 침입하얏다면 대체 어데로부터 침입하얏단말인가。 놉흔담을뛰여

넘지못하얏슬이상 반다시 대문으로 들어왓슬것이니 그때에걸녀잇섯슬대문을 써준것은누구이며 아참에니러낫슬때에 대문은역시 빈틈업시닷처잇섯스니 그가 나간뒤에 대문을이러케 빈틈업시닷친것은 대처누구인가。 아무리보아도 괴상한일이엿다。 그리고 가방속에든현금을 곱재써낸것도 이상하거니와 농속에든은잔을 그런ㅡ줄알고ᄭᅳ낸것은 더욱놀나운일이엿다。 그렷타고 그필적으로든지 글루로보아서 박재서확실히 가해자가 침입한것이지 집안에범인이 잠재하야잇다고는볼수업섯다。

엇더튼 마음에폭씨이지안는점이 만헛다。 그러자 그이튼날아참에 로군에게어데선지 다음파가튼편지가왓다。 이편지는 이사건의 비밀의열쇠를 쥐고잇는것이나 물론 로군의집안사람들에게는 보일수업는것이엿다。 그러나 차차 날이가니소동도가라안고 달이넘으니 도적마젓다는긔억조차 점々흐려갓다。 그편지의내용은 대강 아래와갓핫다。

아참차로내려왓네。

하로밤수면부족에 피곤하기짝이업네。 이러케 힘이든다면야 어데 일을해갈수잇겟나。 그러나 요번에주선된것만 깃분일일세。 이만하면 요번일은 훌륭히처리하야나갈수잇슬것일세。 무엇이라고 다 군에게 감사하얏스면조흘는지 모르겟네。 군의계획과권유도 고마웟거니와 이 조고만운동을위하야 다하는군의지극한열성과노력은 한갓 동모로서의눈물로 사의를표할뿐름일세。

한가지 마음에쓰릿한것은 요번우리의행동이 당당치못하얏다는것일세。 너무도뭇생기고 치사스럽고 붓그러운일이아닐가。 물론 목덕을위하야서는 수단이야골을바아니겟지만 그래도 가튼갑이면 수단조차 조와야할것이아닌가。 그러나 지금와서 그것을바란들 무엇하겟나。

아마도 새로두시쯤이나되엿든지 군은 문박재섯고 내가 방에선듯 들어섯슬째 그째부터벌서 마음에 알수업는 고통을늣겻네。 그런데다가 이러케일을저질너노코나니 나는것은 한갓 후회의념뿐일세。 황겁히 주섬주섬거더가지고 군의집을나왓슬째! 그째의초조와불안이란 참 이를데업섯네。 웨이런짓을하면서까지 우리의일을 하여나가지안으면안되나 함을생각할째 세상이얘숙하고 아지못할것이엿섯네。

더구나 군의가뎡에대한 미안한생각이야 엇지 다 말할수잇겟나。나의마음이 이럴제는 군의마음이야 오작이나쓰리겟나。——아무리 우리의밟는길과 어긋난다할지라도 군이 그러케싸지 가뎡에반역한다는것은 슯혼일이니말일세。너무도 미안한마음에 방울나올째에 두어자 사과의말을적어노앗네。이것으로하야 너무 집안이소동이나안되면 다행일줄아네。

그럼 위선이만하고 일되여나가는대로 또편지합세。

××역두에서 P

로 군 에 게

로군의집안에 소동을닐킨가해자가 P엿고 이일에인도한이는 곳 로군자신이엿슴이 다시말하지안어도 명백하야젓슬것이다。P는 당시 우리의선배엿다。로군파나와의 서생시대에 P는임의 적으나마 한사람의 농민운동자엿섯다。로군파P의사이는 친하얏섯다。짜라서 나와의사이도 친하얏다——고하야도 그친함은 더만히 선배에대한경모의념에 갓가운것이엿다。사실 그로하야 미숙한생각이 만히게발되엿다。

× × ×

이약이는 이만이니 이것으로도 능히 로군의큼직한풍모의일단을 엿볼수잇슬것이다。그렴웨 그가 그러케까지 자긔가뎡파 어긋낫느냐하는것이 의심될것이나 이것을말하자면 이짧은이약이에서는 너무도 장황할것이다。그러나 엇더든 임의 생각이남보다 한거름압선그로서는 그의옛가뎡파는 당연히 썬거름을것지안을수업섯든것이다。

나는 지금여긔서 그들의행동의시비를 비판할랴는것이아니오 독자의비판을바라는바도아니다。나어린시절에 발서 그의생각이 그만큼달넛다는것을 알어주면 그만이다。

무릇 비판이라는것 그것이발서 결코 절대덕인것이아니다。털끗하나의 용납도 허락지안을만한 그런 엄숙한 객관덕 절대덕판단이라는것이 이세상에—존재시킬수는잇겟지만—존재할수는업슬것이다。그리고 그런판단이 일상생활에 그다지필요치도안을것이며 그런판단으로만은 이 복잡한세상을 해서하지도못할것이다。대체 세상물상이라는것이 이모로보면이러케보이고 저모로보면저러케보이고 시각의각도와 립장을짜라서 눈에비취이는바 마음에비취이는바가 다각각달을것이다。

× × ×

밤은깁헛다。

화로불은 마저마저이스러지고 창박게눈송이 더옥깁다。

생각나는것은로군。

그는지금 눈구덩이에가서 파뭇처잇슬가 깁흔밤 추운거리를 잠잘곳차저서 헤매이고잇슬가 혹은 방울소래쌀랑쌀랑 개에메인설매라고 눈깁흔벌판올달고잇슬가 그러치안으면 북국의거리 으식한회관에모여서 낫서른동지들과 일올쎄하고잇슬것인가……。어데를가잇든 비나니 건재하라! 잘싸워라!

北國點景

林檎

능금나무동산 아름다운옛동산 지금에는 차즐수업는 그동산……。 타락은 하얏든말엇든간에 아담때부터 조와하든능금이다。 혀를썰으는 선렬한감각 쑴수게 하는 향긔로운꼿 그리고 그리운옛향긔……。

그 옛날 이꼿에
그대야 아는가
꼿피고 열매맷든
향긔로운 능금밧!

언덕우에서시작되야 경사를지오면서 개울가싸지뻬친 능금밧。 북국의찬눈이녹아 개울가버들가지에 물올을때 자지빗능금나무 가지가지에햇빗흘너 동으로십리 남으로십리 평펴즘한농금밧이 기름지게 아름〳〵빗낫다。 들의보리 이삭패고 마을박게 피리소래고요할때 농금쏫 푸신하게언덕을싸고 옥어진쏫향긔 언덕을넘고 밧흘넘고 개울건너 들울건너 마을싸지 살낭〳〵 훌너왓다。 남쪽나라 레몬향긔 쑴쑬것업시 이꼿의농금쏫이 꼿 마을사람의쑴이엿다。 마을의처녀 다홍치마넙고 시집갈때 농금나무쏫지고 들에황금파도치는 느즌가울 서리마즌농금송이〳〵 아지벌게무거웟다。 써뜻한석양 언덕우에빗길때 농금실흔수레 마을길로향하얏다。 황금햇발에 머리카락물드리며 수레우에안저서 농금먹는처녀와총각……라락의시초인지 몰락의첫거름인지 그뉘아리오만은 너한입나한입 거긔에는 아름다움이약이잇고 순진한목가가넘첫다。

그옛날 이꼿에
그대여 아는가
쏫피고 열매맷는
향긔로움 농금밧!

그려나 그것도 옛이약이 옛그림。

해가흘으고 달이흘으고 북두칠성의위치 변하니 아름다운이풍경도 이즈러저버리고 고요하든북국도 스스로움즉엿다。

산이움즉이고 언덕밋물줄기 도라버리니 목마른능금밧 점전말녀갓다。

산모룽이에 남포소래어지럽드니 논싹거신작로쌔치고 밧파고 던보대섯다。

집신이「골로시」(고무신)로변하고 관솔불이 던긔불로변하고 풀무간이 철공장으로변하고 물레방아가 정미소로변하얏다。

꼿피고열매맷는 향긔로운능금밧! 그것을쌔뭉귀고 그우에 뎡거장이섯다。

능금수레굴느는 석양의마을길 그우에는 두줄기의철로가 낫서른삶을실고 한업시쌔첫다。

그리고 창고와회관의 모난집이 언덕울넘어 옷득〱섯다。

싯컴은연긔 아름다운이약이를쌧고 펭키냄새 꼿향긔를 집어삼켯다。

철로는 만주속울실어오고 이사군을실어갓다。처녀는 청루로실어날으고 청년은 감옥으로실어날넛다。

연귀 팽키 철로 뎡거장 고장 창고 회관……이것이 이제 북국의이마을의 새로운풍경이다。이즈러진그림이다。

사문의독귀 온전히 마을의싀롤 죽여버렷다。

그러나 변치안코 아름다운것은 햇빗파달빗이다。무거운능금송이 늑히든햇빗 밤의능금쏫 빗취든달빗 여전히가튼빗으로 철로 공장 회관……을 빗취고잇다。

마 우 자

깁혼마을。욱어진산。솟은바위。더운온천。맑은시내。숩속에서새여오는 비달기 소래와엄처서 흘으는맑은시내。시내를싸라올나가 고요하고으식한 푸른언덕우에 웃득솟은 청쇄한별장。락텬지가튼동산。그것이「마우자」(로서아인)의 별장이다。

혁명이폭발되자 도옵을좃겨나 멀니동으로다라온 백계로인 양코스키일족의 별장이다。

긔차가되고 세상이변하니 사포와 사벨만보아도 겁내든 이벽촌에 지금에는 코놉고빗다른「마우자」까지 들어오게되엿다。옛적에 女眞人의들어왓든 옛성터 남은 이마을에 이제 빗다른「마우자」들어와 흰옷사이에 네활개를폇다。팔과 목덜미를 드러내노코 거리를그니는 아라사미인 온천물에 철벅으리는 아라사미인 마올의긔관이다。

찬나라의 언살울 녹이는 뜨거운물 그속에헤이는 미인의무리 안개깁흔바다의인어의무리가티 깁숙히물에잠겻다가 샘전에나와 느릿한허리를 척척누이는풍류 옛적 얌귀비의그것보다도 힐신정취가깁흘것갓다。창으로새여드는 햇빗에빗처 김오르는살빗 젓가슴 허리 배 두다리 할것업시 백설가티현란하다。밋근〳〵한즘생의무리。하아얀즘생의무리。

여름의별장 푸른잔듸우에 진홍빗 초록빗 옷에싸여 흰레불울둘너싸고 마시고웃고 아해들 잔듸밧가룰 뛰고노는광경。경쾌한자동차를 마올길로모라 거리로 해수욕장으로 뜨라이쁘하는광경。탐나는정경이다。마올의 양긔로운풍경이다。나라를좃겨 가질것도못가지고 삽시간에도망해온 그들로서 오히려이러하다。산

깁혼이벼촌에와서도 그들의호화는 오허려 다름업다。불조와는 어데를가든지간에 생활을 윤잇게할줄알고 향락할줄을안다。

엇더튼 온천의「마우자」탐나는정경이오 아니쇼읍풍경이다。

C 驛風景

두줄로쌔친철로 등날싸늘한축감을주고 단우의코스모스 간들바람에 회촌〱혼들니는 고요한 촌뎡거장。

찻시간이갓가웟는지 압마당에 소학생의짓거리는소래 요란히나고 대합실안에는「갱개」(감자)함치닌「안샨」(녀인네)두어사람 장에서산 동전을 절녕〱세엿다。

별안간 푸랫폼이싯그러웟다。

「나그내」들짓거리는소래 역부들써드는소래가 요란히들녀왓다。

동안을두고 러지는우슴소래 바람결가티불어오고 그속에서격 무엇인지 고함놉히 부르짓는소래 들녓다。

하나식둘식 모이는사람 개찰구박 푸랫폼우에 무엇을둘너싸고 실네기를친다。움즉이는숩호로 드려다보이는것은 나발〳〵람루한 늙은녀인네엿다。「풀로시」는 외짝만살고 포기〳〵씨저진 치마자락이 헙수룩하게쓰스른 머리카락파합세바람에 펄넝〳〵날넛다。

쎄지지한눈으로 이사람저사람 돌녀다보면서 녀인네는 허소하는듯이 외첫다。

「내아들 어데룰갓소」

「이나그내들 날내 내아들내놋소」

콰콰 우숨소래가터저나오면서 녀인네의눈을피하야 사람들은 수물거렷다。

역원들은 귀치안은듯이 그의팔올 내설엇다。

「날내 나가오」

「샛밝안복색한 마우자들이 당신아들 데리고갑데」

그러나 녀인네는 그자리룰움죽일랴고도 아니하고 구슯히 외첫다。

「모지리 눈오는날밤 고개넘어길써난내아들 엇재 못내 도라오지앵이오」

「도장판하러 공부간내아들 이에미홈자두고 어데를갓소」

차쩌날때마다 차들어올때 마다 뎡거장푸랫폼에와서 구슯히 「내아들」 을외치는 이녀인네 그는 「미친녀자」 라고 손고락질밧는 이마을의 가엽슨녀인네이엿다。

×

서울로 공부시키러쩌내노은 외아들 칠년이되여도 팔년이되여도 「도장판싸가지고」 도라오지는안엇다。 하날에 별을싸러갓서도 임의 도라왓슬날에 「도장판싸러간아들」 은 도라 오지안엇다。 그러나 불상한외어머니를 배반하야버릴 「불효막심」 한자식은 아닌지라 나날이엽여가는몸을 삽작문에의지하야 마올압흘바라보면서 청긔홍긔압세우고 의긔잇게도라올 아들의금의환향을꿈수엇다。 압흘가리는눈물을 찬란한환영으르 억지로 싯서버렷든것이다。 그러나 십년이넘어 마을압헤철로가쌀녀도 바라는그림자안보이고 요란한소문만 귀에자젓다。 주의자가되여 신문에낫느니 감옥에갓느니 붉은긔든 「마우자」 와가티 아라사로들어갓느니 뒤를닛는 어지러운소문에 그어머니싸마귀만지저도 애태우고 달빗만흐려도 속서엿다。

십년이넘어 두해가가고 세해가가고 마참 열세해되는봄이엿다。 마을에개짓고 나무의갈가마귀쎼 유심히요란한 하로아참 눈물에잠긴 이오막살안에 조고만소

포한개를 톄전부가가저왓다。 나무로네모지게싼 괴상한통——아! 그것이 그의아들일줄야 엇지아럿스랴。「도장판」을꿈꾸게하고 의문지망에 그를긁게한 그의아들일줄야! 바라고바라든그의아들 조고만나무통속에 쪼그리고안저서 열세해만에도라왓다。 무명보재집어내니 굵게추린뼈두어개 어머니무릅우에 앙크럿케흐터젓다。 해외에나가싸우다가 객사한그의시톄 동모가뼈추려서 고국에멀니 장사지낸것이엿다。

「웬일이냐 이게!」

하는말도 입안의생각뿐 너무나큰놀남에 어머니는 그자리에 긔절하야버렷다。 그날이새여서야 비로소 이집에서는 통곡소래 흘너나왓다。 그후부터 어머니는 나날이실성하야갓다。 옛날의 멀정하든 그어머니는 아니엿다。 날이면날 밤이면밤 마을을도라단이며 처량히울고 뎡거장을헤매면서 「내아들」을외첫다。 비오는날이나 눈오는밤이나 차떠날때마다 차들어올때때마다 뎡거장푸랫폼우에 「내아들」찻는소리 구슯히 흘넛다。

「내아들 어데매갓소」

「눈오는날밤 고개넘어길떠난내아들 이에미홈자두고 어데메갓소」

×

산모롱이에 긔적소래나드니 긔차가들어왓다。역원들 차탈사람들 푸랫폼우에 모인사람 제각기헤여젓다。

녀인네는 객차의창을 차례〱엿보며 두팔로창을두드리면서 애닯게외첫다。

「내아들 어데메잇소」

「일순이 어데메잇소」

창으로 고개내밀든사람들 춤배트며 창을다처버렷다。

흰옷파양복에석겨 온천을차저가는듯한「마우자」두양주 차를내렷다。

녀인네는 두주먹을쥐고 부리낫케 그리로달녀가 두양주를부스들고

「내아들 내놋소」

「내아들데려간마우자 날내 내아들차저놋소」

「…………」

영문을몰으는두양주 멍하니한참섯다가 양짓는소래로 무어라지절대며 압흘삭르치고 개찰구로향하얏다。

그러나 녀인네는 두팔로양주의옷을붓들고 뒤쌰라가면서 여전히 소래놉게부르지젓다。

「이나그내 내아들내놋소」

「마우자 날네 내아들차저놋소」

飛行機

도라지쏫쥐여싸 쏘다노은 맨지면물들듯한 새파란북국창공을 비행긔 쌍쌍이 날러왓다。

햇발에 하엿케빗나는날개 해발수천척의 첩첩한산맥을넘어 가볍고。경쾌한음향 무거운공긔를 진동첫다。

「비행긔!」

「비행긔!」

고개넘고 물건너 비행긔구경오는사람 새벽부터 거리에 쌕々이밀녓다。

련병장 모래언덕우에 흰옷의파도 울넝출넝。

「야――파연!」

「모지리 놉지앵요」

「무슨재조 저렷켓소」

련병장큰벌판에 갈자루번적〱 노란복장「옷줄」하며 벌떼가든노란군사 들복판에진올치니 기동연습시작되엿다。

별안간 총소래 속사포소래 쿵복듯도닥거리고 텬지를삼킬듯한 대포소래에 산파들이 움죽엿다。

비행긔 쌍쌍이 흰옷우를 얏게스치자 폭탄덩이 뒤몰니여 모래언덕 싹거내렷다。

연긔와 약냄새가 언덕을둘너쌋다。

흰옷의파도 어지럽게 와르르흐터젓다。

비행긔구경왓든사람 고개넘고 물건너 쌩문이가싸지개 줄행랑을노앗다。

「비행긔!」

「비행긔!」

「난리가난다네」
「어데메로가면좃소」
고맙지안은 비긔행등살에 이밤의마을사람들 불안에잠못니루웟다。

모던셸·메론

서배리아를불어오는 억센바람과 두만강기슭을 스처내리는 눈보라의 모진겨울을가진반면에 회녕은 미인과참외의 신선한여름을가젓다。물맑은두만강을 세고난곳이기때문인지 회녕에는 살빗고음미인이만라。미인과참외——그사이에 엇더한 인과관계가잇는지는몰으나 미인만혼회녕에 참외또한만라。회녕을중심으로북으로드러가는 철로연변이 거개 다 참외의명산지이다。

행길바닥에 산덤이가티싸인회녕참외 낫사이에살강〱갈니는 조막만콤식한노랑참외 신선한북국의메론 여름의향긔。

집々마다 문넘어로 탐스럽개보이는 서늘한적삼속의미인 한가지씩고십흔 울념의앵도송이——쏘한 여름의향긔이다。

집에서는 살향긔 거리에는 메론향긔 여름의회녕은 향긔의고을이다。

회녕 여름 참외 미인——。

여긔에 한폭의회녕풍경잇스니 역시 미인파참외의 산뜻한풍경이다。

무더운오후엿다。

국경선을스치고드러오는 렬차의긔적이 요란히울니자 뎡거장압마당에 국경경비의눈이 날카랍게빗낫다。

긔차가 김을쁨으니 넓은마당에 승객이쏘다저나왓다。

흰옷 양복 게다 중국군인 쿠리 마우자 국경의도시에는 이제 국적을달니한뭇사람이 쏘다저나왓다。

그가온데에 색달니눈을끄는 일점홍이잇다。 단발하고 양장한 현대뎍미인。 강한의지의 표현인 반듯한콧날 자랑높혼눈맵시 싹담온입 범하기어려움 엄숙한얼골——평범치안온 교양잇는모던썰이다。 그우에 눈을끄는 색밝안웃저고리 단발밋흐로 가늘개휘인 목덜미 은초록색스카트밋흐로 밋밋한다리 현대미인의데

일됴전인 고온다리——향긔놉흔 회녕미인이다。

장괘가되든지 쿠리가되든지간에 엇더룬 호복닙은사나희나 그러치안으면 루파쉬카닙고 더벙머리한청년이면 모조리 취됴를하거나 몸을뒤지거나 그럴듯한일이지만 아름다운미인 교양잇는모던썰에게야 몸두지고 취됴할 아무혐의도업슬것이다。그러나 그것이전문가이라 평범한우리로는 도저히생각지못할만큼 날카라운그들에게는 무슨의미로 엇더케빗취엇든지간에 그들은 거룩한이모던썰을 붓들엇다。

가방속파 람루한이불못다리속을 넓은마당에 속속으로풀어체치면서 몃사람의호인의취됴를맛친후 그들의순서는 초조히기대리는 미인에게로도라왓다。

샛감안수첩에 무엇인지긔록하면서 잠시간 심문을하드니 나종에그들은 미인의휴대한 조고만바스켓을 열라고명령하얏다。

미인의상자속! 그속에설마 아편이들엇슬것인가 폭탄이들엇슬것인가 귀여운젊은녀자의비밀상자가 이제 이대로상에서 마치 수술대에올은 녀인의라톄가티 함부로열리라함을 슯허하야선지 녀자의얼골은 일순간에흐렷다。그러나 그것도 국경이니 관의명령이니 엇절수업는일이다。

미인은 바스켓을 조심스럽개열고 속을드려다보엿다。경비순사는 호색덕인지 경계덕인지 가느다란눈초리로 속의것집어내기를 강청하얏다。

미인은 붓그럽인지 불안스럽인지 말업시 한가지 두가지 속의것을집어냇다。

수건 화장품 오페라쌕。

미인은 한참주저하다가 계속해서 비단양말 샛밝안드로스를 집어냇다。

보기만하야도 유혹덕인 샛밝안드로스 살범새나는비단양말을 큰행길우에서 순사는 훽훽털어보앗다。

붓그러워서 얼골이붉어진미인은 황겁하개 그것을되로 상자속에 싸서너오랴고 하얏스나 순사의손이 그것을막으면서 상자속을가르첫다。

「무언가 이것은?」

「…………」

말업시집어낸것은 실망태에너은 참외엿다。

「참외?」

언제 어데서 사너온것인지 생긔와신선미를일혼참외 그물속에 두어개 쪼글〳

시드럿다。 조막만큼식하고 노란 역시 희녕참외외종자임에는 틀님업섯다。

「참외!」

참외보다류다른 그무엇을긔대하얏든경판은 고개짓을하면서 또한번외첫다。

보일것을다보엿스니 미인은 주섬〳〵행장을수습하야가지고 그자리를니러섯다。

애매한모던썰 그의상자속에 들엇스면 무엇이들엇단말인가。 공연히 대로상에 양말을흔들며 속옷을내보이며 수치만당한것이 분한듯이 미인은 의긔넘치게 거리를 향하야 뎡거장넓온마당을건넛다。

경판들은 머리를한데못고 검은수첩을드려다보면서 무엇인지 의론이분분하엿다。 전문가이니만큼 그들의눈치는 뭇사람의 그것파는달으다。 우리들의 생각지못할만큼 날카로운눈을 그들을가지고잇섯다。

넓온마당을다건너간 미인의동우에 날카로운시선이가자 그들은 미인을다시불럿다。

열번이고 백번이고간에 두말업시 시키는대로해야하는것이 국경이다。 법이다。

그러나 열번열어도 백번열어도 그바스켓이 그바스켓이지 그동안에 신긔한긔적이 니러낫단말인가 다른무엇이 또 들엇슬것인가。

여전히 수건 화장품 오페라쌕 양말 드로스 참외망태가 길바닥에 쏘다저 나왓다。아무 긔적도 니러나지는안엇다。

「참외!」

참외만흔회녕바닥에서 그래도 참외가탐나는듯이 경판은 망태속에서 참외를하나 집어냇다。시들어쪼그러진참외 그것이 그다지 탐나는가。하기는길거리의 싱싱한것보다도 시들엇슬망정 미인의수중에 저장한것이니 탐도날것이다。금방 입에다나너울듯이 탐울내면서 그들은 시든참외의 향긔를맛혓다。

「안돼요 그것은」

미인은 별안간 참외를 그들의손에서 빼슬랴하얏다。

「집의어린것 줄것얘요」

「집의어린것?」

경판은 의미잇게우섯다。

「안되요 그것은」

이 실네기를치는판에——가엽다! 손에돌엇든참외하나 짱에써러지고말엇다。써러저부서진참외——그속에서 한자루의 샛감안무긔가나왓다。『샤로닝』식인지『콜트』식인지 혹은『모젤』식인지 퍽도귀여운 무긔이다。

계속하야 또한개써러트린참외——그속에서는 샛감안콩알이 우수수헤여젓다。뎡거장넓은마당에 근대덕력학미를씌움 푸른총신파 검은콩알이 국경의석양을바더 무섭게빗낫다。

역시 석양을바더 반작이는 경관의시선이 평범치안은 모던썰의얼골을 날카랍게쏘앗다。

露領近海

동해안의 마즈막항구를써나 북으로북으로! 밤을새우고 날을지나니 바다는 더욱푸르다。

하날은차고 수평선은멀고。

뱃전을물어뜻는 파도의흰닛발을차면서 배는 비장한행진을 계속하고잇다。

마스트우에 긧발이 놉히날니고 연긔가 찬바람에 가리가리찟겨날닌다。

두만강 넓은하구를건너 국경선을넘어서니 로령연해의련봉이 바라보인다——하야케 눈을쓰고 북국서양에 웃둑웃둑빗나는 금자색련봉이。

× × ×

저무러가는 갑판우는 고요하다。

사론에서 술타령하는 일등선객들의우슴소리가 간々히새여나올ᄲᅮᆫ이요 그외에는 인긔척조차업다。

배ᄭᅩ리 사론뒤갑판 은々한뱃전에의지하야 무언지의론하는 두사람의선객이잇다——한사람은 대모테쓴청년이요 한사람은 코놉흔「마우자」이다。

락타빗가죽샤쓰우에띈 검은에나멜혁대이며 온세상을굴을만한 굵은발소래를생각케하는 툽々한구두가 창빠른모자와아울너 그를 한층 영웅덕으로보인다。

연해주의 각지를위시하야 넬진스크 치타방면을 끈임업시 휘도라치느니만콤 그들에게는 스라브족다운 큼직한 호활한풍모가 떠돈다。

「마우자」는 대모레청년파 조선말아닌말로 은々히 짓거린다。

냄새잘맛는…는 빨々그리며 어데든지 안좇차오는곳이업다。

정신업시 의론하다가도 그들은 각금 말을곳치고 사론쪽을 흘끗흘끗도라본다。

──거긔에는 확실히……에서좇차오는친구가 잇슬것이다。

푸른바다는 안개속으로저무러간다。

어데서낫타낫는지 흰갈매기두어마리 꺽꺽소래치며 배압흘건너 안개속으로사라진다。

갈매기소래사라지니 갑판우는 더한층 고요하다。

× ×

팽키냄새새로운 사론에서는 륙지부럽지안은 잔채가열녓다。

국경선을넘어서 외지에한거룸드려노앗슬째에 쓰릴것업시 지랑으로마시고 얼근히취하는것이 그들의하는 상습이다。

흰탁자우에는 고기와파일접시가 수업시노엿고 술병파유리잔이 쉴새업시 도라단인다。

대개가상인인만치 그들사이에는 주권이약이 미두이약이가 쏫피엿다。

그들에게는 모든것이유리한 시장에서 엇더케하면 실토록 돈을싸내볼가 하는것이 대머리를 기름지게번적이는 그들의 뚝가튼공론이다。

「서의명령이니 쫏차만오면그만이지 바득々々애쓰며 직무를다할것은업다」고생각하는……의친구도 한편구석에서 은근히 엇더케하면배를좀불녀볼싸 하는생각에뚝가티 취하고잇다。

유쾌한취흥파「유쾌한」생각에 그들은 마음쩟 질거웁다。

술병이 쉴새업시 거품을쏫는다。

유리잔이 쉴새업시 기울녀진다。

흰옷닙은색이가 쉴새업시 휘도라친다。

「놈들 도야지가티 처먹기도한다」

취사장에서 료리접시를날느든색이는 중얼그리며 윈취엽흘도라올쌔에 남몰내 료리접시두엇을 쌈적가러쌔서 윈취뒤에 감처두엇다。

「놈들의량을줄여서 나의동모를 살녀야겟다」

× × ×

사론갑판에서 몃길밋 쇠줄사다리를 타고내려간곳에 긔관실이잇다。

흰식탁우에술이잇고 해가빗취고 펭키냄새새로운선창에 푸른바다보이고 간혹 달빗조차빗기는사론이 선경이라면 초열파암흑의긔관실은 온전히 지옥이다—— 륙지의 이 그릇된대조를 바다우의 이적은집합안에서도 역시 뚝가리로끌덕으로 들어내노코잇다。

어둡고 숨차고「보이러」외열로 찌는듯한 이지옥은 이연를쇠이다가 아흐레동안이나 아레로 아레로 써러진 사탄의 구양간 불비오는지옥에야 스스로비길바가 아니겟지만 그러나또한 이 시인의환영으로써노혼 상상의지옥이 이세상의간교로써노혼 현실의지옥에야 엇지 비길바되랴。

얼골을닉혀가며 아궁압헤서불때는화부들 마치 지옥에서불작란치는 악마들가티도보이고 어둠속에웅쿠린 반라체의그들은 마치 원시림속에웅쿠린 씌리라와도흡사하다。

교체한지 몃분이못되여 살은이그러지고 땀은멋대로쏘다진다。

꽉이 두간에남지안는 좁은데서 두간에남는 진 화저로 아궁을쑤시면 화긔와석탄재가 보얏케 화실을덥는다。

다탄쓰르럭이를 바케쓰에 굿득々々담어내고 그뒤에 삽으로 석탄을펴던지면 널늠그리는독사의 혀끗가튼불끗이 확々부러올은다。

둘재아궁과 셋재아궁마저 이러케조절하야 노흐면 긔관실은 온전히 불붓는지옥이다。

아궁우의 여섯개의보이러는 백폰드에넘는증긔를올니면서 용솟음친다。

불을쑤시고 또 석탄을넛코……。

땀은쏘다지고 전신은 글자대로 밝앗케닉는다。

양동이에쩌온물이 세사람의화부사이에서 볼동안에 사라지고만다。 사실 물이라도 안마시면 잠시라도 견데나갈수가업다。

북국의바다 오히려 이러하니 적도즉하의 인도양을넘을때에야 오죽하랴。

——이러케하야 배는움죽이는것이다。사론은 취홍을도드리만치 경쾌하게 혼들니는것이다。

교체한지 반시간만넘으면 화부의체력은 낙지다리가티 느른해진다。부삽하나처들 기맥조차업서진다。보이러의폰드가 내리기시작한다。

면 부릿지에서 항구의계집을 몽상하든선장은 뎐화통으로 소래친다。

「긔관에주의!」

「속력을 늘여라!」

역시 항구계집의 젓가슴을환상하든긔관장은 이명령에 벌덕니러나 화실로좃차온다。

「무엇들하느냐!」

화부는 느릿々々 아궁에 석탄을집어넛는다。

「무엇해 일하지 너의돌가러 편한줄아나」

그러나 이것이 입박게 나오지는안엇다。폭발은 맛당한때를 어더야할것이다。

「부즈런히해라 이놈들아!」

귀관장의 무서운시선이 화부들의동날을 재족질한다。

「부삽으로 처서 아궁속에 태워버릴가。삼분이못되여 재가되여버릴것이다」

이 뚝가튼생각이 세사람의머리속에 뚝가티 솟아올낫다。

× × ×

깁흔암흑。

이세상과는 인연을끈어노은듯한 암흑의공간。

──철벽으로 네모지게 이세상을막은 석탄고속은 영원의밤이다。

간단업는동요 귀관소래가 어렴풋이 흘너올다름。

이 죽엄속에 확실히 허부적으리는 동체가잇다。허부적으릴때마다 석탄덩이가 와르々흐터진다。

「으──」

「아──」

이 원시덕 모음의발성은 구원을부르는소래라느니보다는 자긔의목소래를싀험하랴는 즉 생명이 아직남어잇나업나를 싀험하야볼랴는듯한 목소래이다。

「으——」

「아——」

긔맥이쇠진하야 그자리에쓰려젓는지 잠시고요하다。

가 와르〻흐러지는 석탄덤이우에 석냥불이켜젓다。

푸른린광은 석탄덤이우에 네활개를펴고업드린 청년의초최한얼골을 빗취인다。

허벅숭이밋헤 끄스른얼골은 푸른빗을바더 처참하고 재홈자살어잇는듯한 말똥한눈동자에는 찬바람이휘〻돈다。

「물!」

절망덕으로외치면서 다시 불을그엇다。

불빗헤 조각〻〻부서진 빵조각파 물병이보인다。

흔드는물병속에는 한방울의물도업다。

물병을던지고 청년은 허둥지둥니러서 또 외친다。

「물!」

「물!」

「무――ㄹ ㅅ!」

어둠속에서 미친놈가티 그는 싸홈의대상도업시 홈자 날뛴다。아니 싸홈의 대상이 업는것은아니다。……이 업는것은아니다。그러나 눈압헤보이는것은 어둠뿐이요 긔갈뿐이다。

석탄덩이가 어둠속에서 날는다。

두주먹으로 철벽을 두드리는소래 난다。

그러나 세상파담싸은 이 암흑의공간에서 아모리 들복가친다하야도 그것은 결국 이 버림바든공간에서의 헛된노력에지나지못할것이다。――독에빠진쥐의 필사뎍노력이 독박게세상파는 아모인연을 가지々못한것가티。

「아――ㅅ!」

「물 물 무――ㄹ ㅅ!」

그는 몸을철벽에부드치면서 마즈막힘을 내엇다。

급한거름으로 쇠줄사다리를 타고내려오는 발자최가잇다。

발자최소래는 석탄고압헤서 긋첫다。

회중뎐등의광선이 달덩이가튼륜곽을 석탄고문우에 어지럽게 던진다。

광선은 칠버슨 검붉은펭키우에 한점을노리드니 그곳이마참 열쇠로열녓다。

찬바람이 얼골을스치고 어둠이 압흘협박한다。 회중뎐등의광선이 석탄고속을어지럽게빗취드니 나종에 한가온데에쓰러저잇는 처참한청년의얼골우에 머물넛다。

「물!」

「물!」

두팔을내밀면서 그는 부르짓는다。

세상과 인연끈켯든 이 암흑의공간에 한줄기의광명을 인도한사람은 사론의샙이엿다。

「미안하에」

하면서 그는 청년을붓들고 그의입에 물병을기울닌다。

「술을써려라 잔을날너라 하면서 놈들이 잠시라도노아야지」

섀이는 사파하는듯이 그를위로한다。

정신업시 물을켜든청년은 입올싯고 숨올내쉬인다。

「정신을차리고 이것올먹게!」

섀이는 가저왓든 바스켓올열고 가지々々의먹을것을낸다。

고기 쌩 과일 그리고 금빗렛텔부튼 일홈몰을 고급양주——일등선객의료리를감친것이니 범연할리업다。

「그들의 한때의량을주리면 우리의 열때의량은챌걸새」

고마윤권고에 청년은 신선한식욕으로 쌩조각올뜨드면서 동모에게물는다。

「대판절 몃리나남엇나?」

「눈꾹감고 하로만더참게」

「또 하로?」

「하로만참으면 목뎍한곳에 그리고 자네일상 꿈꾸든나라에 쌈적가티 내리재되네」

「오ㅣ 그나라에!」

청년은 쌍조각을세러트리고 비장한미소를씌우면서 꿈꾸는듯이 잠시 명상에 잠겻다가 감동에넘처 흘너내리는한줄기눈물을 붓그런듯이 손등으로씻는다。

「그곳에가면 나도 이놈의옷을벗서버리고 이제까지의생활을버리겟네」

「아! 그곳에가면 동모가잇다。마우자와가리일하는 동모가잇다!」

울녀오는 배의동요에 석탄덩이가 굴너내린다。

파도소래와 기관소래가 새롭게 들녀온다。

「그럼 난 그만가보겟네 종일 동안만은 충실해야하잔켓나」

동모는 자리를니려선다。

「하로! 배나든々히채우고 하로만々참게 름나는대로 그들의눈을피해 내또 한번오리」

회중뎐등을 청년의손에쥐이고 닙엇든속옷을 한거풀버서 몸울둘너주고는 그는석탄고를나갓다。

× × ×

두층으로된 삼등선실은 층우이나 층아레가 다 만원이다。

오래지안은항해이지만 동요와피롬에지친 수만흔얼골들이 생기를닐코 떡닙가티 시들엇다。

누덕감발에 머리를질끈동이고「돈벌녀」가는사람이잇다。——돈벌기조타든「부령청진가신랑군」이 이제또다시「돈벌기조흔」북으로 가는것이다。미주 동부사람들이 금나는 서부칼포니야를꿈꾸듯이 그는 막연히「금덩이구는」북국을 환상하고잇다。

「부자도업고 가난한사람도업고 다가티살기조흔나라」를 막연히 차저가는사람도만타。그중에는「삼년동안이나 한닙두닙모아두엇든동전」으로 마즈막배삭을삼어서 써난 오십이넘은 로인도잇다。

「서울로공부간다고 집써난지 열세해만에 아라사에가서객사한」아들의 뼤를추리러가는 불상한어머니도잇다。

색달니 옷닙고 분바른 젊은녀자는 역시「돈벌기조흔항구」를차저가는 항구의녀자이다。「돈만흔마우자는 빗갈달은조선계집을 류달니조와한다」니「그런나그내는 하로밤에 둘만겪거도 한달먹을것은 넉々히생긴다」는「돈만흔항구」를차저가는녀자이다。

이 여러가지층의 사람숩헤석겨서 입으로 무엇인지 중얼々々외는 청년이잇다。

품에지닌 만국지도한권과 손에든 로서아어의 회화책한권이 그의전재산이다。

거개 배에취하야 악취에코를박고들어누은 그가운데에서 그만은 말씀한정신을가지고 로서아어단어를 한마듸々々々외여간다。

「가난한로동자」――「베드느이 라보―취이」

「력사」――「이스토―리야」

「전쟁」――「보이나」

책을덥고 눈을감고 다시 한마듸々々々 속으로외여간다。

「긔ㅅ발」――「즈나―먀」

「아름다운래일」――「크라시브이 자브트라」

창구멍가티 생뚤닌 선창에는 파도가 출넝々々디려친다。

흐린유리창박그로 안개깁흔 水평선을바라보는 졂은녀자 그에게는 몃츨전항구를써날째의생각이 가삼속에 써올은다。

——윈취가덜컥々々 닷감는소래 항구안에 요란히울녓다。 닷이감기자 출범의 긔적소래 뚜—하고길게울니며 배가고요히움즉이기시작하니 부두와갑판에서 보내고가는사람 손혼들며 소래지르며 수건날녓다。 어머니도 옵바도 이웃사람도 자긔를보내는사람은 아모도업섯스나 배와부두의거리가멀어지자 그에게는 눈물이푹솟앗다。 엇전지 다시도라오지못할길을 마즈막으로써나는것갓해서 배가항구를버서나 산모롱이를돌째싸지 정든산천을 도라보며 그는 눈물지엇다。 눈물지엇다! 눈물을 담뿍쌂은 깁흔안개 선창박게 서리웟고 개일줄몰으는애수 흐린가삼속에서리웟다。

대모레와「마우자」는 무언지 여전히은근히짓거리며 삼등선실안으로 들어와 각々자리로간다。

로서아어에정신업든청년은「마우자」를보자 우슴을씌우며 무언지 말하고십흔 충동을 금할수업는듯하다。

「루스키 하라쇼!」

「루스키 하라쇼!」

능치못한말로 뒤구말구 그는이러케 호의를표한다。

「마우자」역시 반가운듯이우슴을씌우며 그에게로손을내민다。

× × ×

밤은깁헛다

바다도깁고 하날도깁고。

깁흔하날 먼한편에 별하나 반작々々。

연해의하날에 구비친련봉도 깁흔잠속에 그의륜곽을감추엇다。

놉흔마스트우의 붉은불 푸른불이 잠자는밤의 아련한숨소래가티 빗날뿐이요 갑판우는 고요하다。고요한갑판 란간에의지하야 얏흔목소래로 수근그리는두개의그림자가잇스니 대모테와 마우자이다。

인긔척업고 발자최소래끈어진 갑판우에서 그래도 그들은 각금뒤를돌녀보며 무언지 은근히 의론한다。

뱃전을 고요히스치는 파도소래가 째々로 그들의회화를 끈을뿐이다。

上陸

아세아대륙의동방。 소엣트련방의일단。
눈압헤거실니는 한구비의산도업시 훤히터진 넓은대륙의풍경과 그끗헤전개되여잇는 근대덕다각미를띄운도시를 정면으로바라보면서 배가 반가운긔적을 뚜ㅣ뚜ㅣ울니며 붉은긔날니는 수만흔배사이를뚫고 두가달진반도의사이를들어가 항구안에 슬며시 꼬리를돌녓슬때에 그는 석탄고속에서 문득 끈한잠을새엿다。
요란한긔관소래와 끈임업는동요가 별안간 뭇둑 긋칫기때문에엿다。
「이제 다왓구나!」
닷줄내리는 요란한윈취소리를들을때에 그는 숨을길게내쉬엿다。
동해안의항구를써나 석탄고속에신음한지 밤낫 사흘이엿다。 미친놈갓터 안젓다 섯다 눕엇다 소래첫다 하면서 암혹과 고독과 피롬과 사흘동안 싸워왓섯다。
사흘되는이제 쑴꾸든나라에 목덕한곳에 탈업시 니르럿슴을새달엇슬때에 그는 어둠속에서 정신을가다듬고 석탄덤이우에 니러나안젓다。
파도는잔잔하고 배는고요히섯스나 그는 아직도 배가흔들니는듯한 착각을늣겻다。

갑판에서는 세관과 해상국가보안부에서 서긔와 역원들이와서 취조와검사가 자즌지 배는 오래동안 고요히섯다가 다시 움즉이기시작하야 부두석벽에갓다 밧삭 대는듯하얏다。

수만흔선객들이 갑판우에렬을짓고 비로소 대륙의바람을쏘이면서 일각을다투어가며 상륙을재촉하고잇스리라고 생각하매 그의가삼도 시각이밧부게 울넝그렷다。 오래전부터 사모하야오든땅! 마음속에 그려오든 풍경! 가죽옷닙고에나멜혁대띄고 굵직한마우자들숩에 한시라도속히 싸여보고십헛다。

――푸른하날。 푸른항구。 수만흔긔선。 화물선。 짱크。 무수히날니는붉은긔。 돌로모지재싸은부두。 쿠리。 로동자。 마우자。 긔중긔。 창고。 공장。 흰연돌。 침착한색조의시가。 돌집。 회관。 거리거리를훈련하고도라단이는「피오닐」。「콤사몰카」들의활보。 탄력잇는 신흥계급의긔상――

어두운석탄고속에서 아직밟지안은 이짱에대한 가지가지의환영을 마음속에꼿피울때 가삼은 감격과초조에 몹시도 수물그렷다。

그러나 버젓하게 선표를사가지고 선실에서 려행한것이아니니 남과갓티 재

법 섯섯하게 상륙할수는업는처지엿다。하는수업시 밤이될때까지 어둠이 항구를쌀때까지 석탄고속에서 초조하게속을알으면서 더 기다릴수박게는업섯다。

이옥고 밤이되여서야 한거름먼저상륙하얏든 사론의김군이 총총한거름으로 석탄고를차저와주엇다。그의 하얏튼ᄉᆡ이복색은 언으듯 검은루파쉬카로 변하야잇섯다。

「자 이것으로 가라닙게」

하면서 역시 검은루파쉬카와 바지한벌을 그에게주엇다。

「결국 목덕한곳에 다왓단말일세그려!」

이러케 새삼스럽게 반문하야보앗스리만치 그의마음은 썸직이도 반가웟든것이다。

「박군도 부두에와서기다리니 얼는가라닙고 나가게」

하나에서열까지 도와주고 위로하야주고 힘도다주는 김군의 호의와친절에는 눈물겨운것이잇섯다。

그의 빗처주는 회중뎐등의광선을의지하야 그는 새옷을가라닙고 헌옷을똘똘

뭉처 한손에들고 김군파가티 석탄고를나갓다。

지리하든석탄고――그것은 사흘동안의감옥이엿고 암흑의지옥이엿다。그러나동시에 그것은그에게는 아름다운ᄉᆞᆲ의보금자리엿고 이ᄯᅡᆼ파저ᄯᅡᆼ을 행동과행동올련락하야주는 고마운중매엿다。그보다이전에 얼마나만흔친구가 이 고마운중매의은혜를닙엇스며 현재 수만흔바다를항해하고잇는 수만흔배속 그어두운구석에서 얼마나만흔동모가 아름다운ᄉᆞᆲ을수고잇스며 장차 ᄯᅩ 얼마나만흔동모가 이 고마운보금자리를 리용할것인가。생각하면 우리의생활과ᄯᅦᆯ수업는 인연깁흔곳이다。바라건대 새날이올그ᄯᅢᄭᅡ지 기리기리 우리의비장한ᄉᆞᆲ의 보금자리가되고 중매가되여라!

그는 마음속으로 이러케 부르지즈면서 칠벗은 검붉은석탄고의문을 징그시닷고 그우에 마즈막고별의시선올 오래동안 던젓다。쇠줄사다리를타고올나가 인기척업는 갑판우에나서니 신선한바람이 얼골을스첫다。

그는 헌옷뭉치를들고 란간에의지하야다。

주머니속에들엇든 단한권의 로서아어 회화책을 새호주머니속으로 옴겨넛코 헌옷을 다시 똘똘뭉처들엇다。

「자 그럽 너와도작별이다」

아무미련도남기지아니하고 그는 헌옷을 바다물속에 장사지내버렷다。오래동안 몸에걸첫든단벌의옷——어두운둥잔밋헤서 침침한눈을비벼가면서 고국의가난한 어머니가 바늘귀촘촘하게 정성쎳기워쥰 피눈물나는 그옷이언만 그는이제 아무미련도남기지아니하고 바다속에 시원히 장사지내버렷다。물론 아울너 지금까지의 모든파거도 헌옷뭉치와함께 이바다속에 청산하야버렷든것이다。

「고국의어머니여 다시뵈올그때까지 부대부대 전재하야주시오!」

마음속으로는 늙으신어머니의건재를 이러케 빌어드렷다。

김군이써라주는물에 낫올싯고 머리를가다듬어올니고나니 새정신이 번적들엇다。

고국에대한 새삼스런애수를 바다멀니 썰처버리고 배를내려 부두에한거름나서 구든짱을밟으니 그립든대륙! 말할수업는 감개와 안도를 일시에늣겻다。

부두한편 둥불밋헤서 기다리고섯든 동지 로만박이 언으듯 좃차왓섯다。

「칵 파쥐빠ㅡ예헤?」

거친 이한마듸를건너면서 억센손아구와손아구가 한데 맛다으니 단순한 이동작가온데에 수만언으로도 밧구기어려운 깁흔 동지의정미가 스스로 넘처흘넛다。

밤의부두는 안개속에 자옥하얏다。

때마참 오월이라 항구는 한창 안개의시절이엿든것이다。석달동안 항구안에 꽁꽁얼엇든 어름이 사월에들어가서야 풀녀버리고 그뭄세부터는 안개의시절이 시작되여 오월을잡어들면 바야흐로 농후하야지는때이다。

굵은긔선의선체 놉흔마스트 육중한긔중긔 련하야나라섯는창고 얼크러진철로 ㅡㅡ이모든것이 마치 꾀름속의화폭갓티 안개속에 웅장하게흐려저잇는 부두지대를버서나 세사람은 묵은회포를이야이하면서 약간 경사진 놉흔거리로! 밝은시가로! 걸어올나갓다。

ㅡㅡ이러케하야 그는 처음으로 이땅을밟엇고 새살님의첫게단에 올낫든것이다。

北國私信

R군!

북국의이항구에 두텁든안개도 차차엷어갈젠 아마 봄도퍽은지텃나부에。 그동안 동지들과 무사히 젼투하야왓는가? 항구에안개세고 부두에등불흐리니 고국을그리워하는회포 무던히도깁허가네。

내가 이곳에상륙한지도 어언 두주일이넘지안엇나。 그동안에 차즐사람도차젓고 볼것도모조리보앗네。 모든인상이 ᄭᅮᆷᄭᅮ고상상하든것과 빈틈업시 합치되는것이 엇지도반가운지모르겟네。 남녀로소를 물론하고 다가티 위대한건설사업에 힘쓰고잇는 씩씩한기상과 신흥의긔분! 이것이 나의 얼마나보고저하고 배우고저한것인지 이것을이제 매일가티 눈압헤보고 접대하는내자신 신이나고 흥이난다면 군도 대강은짐작할수잇겟지。 더구나 차근차근 줄기찻고가지차저서 빈틈업시 일을진행하야나가는 뎨삼인터내쇼낼의 비범한활동이야말로 오직 단복하고 놀나지안흘수박게업네。

여긔에관한자세한이야이야 하려들면 한이업슬듯하기에 그것은 다음긔회로밀고 이편지는 내가이곳에온후의 첫편지이고 군역시 이곳을무한히 그리워하든터임으로 여기서는 대강 이 도시의인상과 나의사생활에관한 자미잇는 한편의에피소ー드를 군에게소개할려네——

두가닭의반도가 바다를폭싸고잇는것만콤 항구는 으슥하고도잔잔하네。잔잔한그안에 새로운긔를펄펄날니는 수만흔긔선과 쨩크와 화물선。항구우흐로 훤히러진 도시。발달된지 오래인만콤 건축이 대개는낡엇고 생각하얏든것보다는 좀고색을씌운듯하네。가장번화한 거리인 해안과평행하야 길게뻐친 레닌街 그속에 절비한건축——은행 극장 호텔 국영백화점 그외 각 회관 구락부 극동××대학등이 모다 제정시대의건물 그대로잇고 언덕중턱에는 백의동포의거리가잇스나 역시 정결치못한 낡은거리이데。그러나 대테로보아 희고 노란 석조의 건축들이 시가의전테에 밝은색됴를주는——밝은풍경 맑은도시임은 틀님업네。

국영판매소압헤는 언제든지 사람의행렬이끈일새업고 로파 젊은이 아해들이길개결을짓고 웅죽이면서 차례를기다려서 여러가지의필요한식료품을 사는것이네。흐레엡(빵) 먀쏘(고기) 아보스취(야채) 싸ー하르(사랑) 윗카 등의 모든식

료품이 국영판매소에서만팔니고 사사로경영하는 소매상이라고는 시중에 극히 희소하다는것은 군도 아는바이겟지。빵을살랴는로파는 바구니를들고 윗카를살랴는늙은이는 병을들고 진행렬속에세어서 결코 조급하게덤비는법업시 행렬과 가티 유유히움즉이는풍경 이것은 오로지 새시대의풍경의하나일것이니 옛날의 생활형태를 철저히청산하야버린 이 신흥의도시에서만볼수잇는 풍경일것이네。

오후다섯시만되면 시가는 온전히 로동자의거리이니 한시간에누리업시 뻑여덜 시간의로동을맛친 수만흔로동자들이 공장에서 일터에서 무수히 거리로쏘다저 나오네。검소하게 옷닙은 그들이 자랑스런거름으로 당당하게 거리를활보할때 거리는우리의것이다세상은우리의것이다!——그들의 자랑스런태도와 굵은보조가 이것을 또렷이말하는듯하네。

이것으로보면 고색을띄움이거리가 실상은 가장활긔를띄움 새날의거리라는것은 누구나다 늣기겟지。신흥의긔상이 신선한생장력이 거리의구석구석에 충만하야잇고 그속에서 굵은조직이 크나큰건설이 한충한충구더가는것이네。로동자들이로동을맛치고도 날마다 각가지의회에출석하기위하야 분주히도라치고 젊은학생들

파청년들이 질소한옷을닙고 책을세고 역시 건설의사업에 분주히휘도라치고잇는것은 물론이어니와 오직 남자뿐이아니라 신흥계급의녀자 역시그러하네。로동부인이나 녀학생이나 다가티 수건으로머리를싸고 굽얏흔구두를신고 건강한거름으로 거리를걸어단이네。북국의능금가티신선한 그들의얼골빗 밋々하고탄력잇는 그들의다리! 굽놉흔구두쑷헤 불안정한톄력을실고 휘춘々々걸어가는엷은다리에 멸망하야가는계급의 불건강한미학이잇다면 굽얏흔구두에 전신을든든히실고 탄력잇게걸어가는 밋밋한다리에는 신흥한이나라의 건강한 미학이잇다고나는 생각하네。

이나라의 미인――자유롭고 순진하고 건강하고 그야말로 깃붐파힘의상징이요 새날의매력이아니면 무엇일가。

도시의인상은 이만하야두고 나는 얏가말한나의사생활에관한 애피소드라는것을 다음에소개하겟네。그것은 나답지안흔 씀직이도달콤하고 자미잇는이약이니――다른것이아니라 이 내가 (결코 자랑스런일은아니나) 아름다운이나라의 미인의키쓰를밧고 사랑을어든 이약이라네。설마 군이 사치하고 불건강하다고 비웃지는안올줄밋네。일상 소설을조와하는나는 이 이야이에 예술덕윤택을가하야 소설의형식으로쓰겟스니 넌센스의한편이되고말지라도 이 북국의봄 나의첫선물로만알고 파히 허물은말게。

상륙한지일주일이되니 항구의지리도 대강루득되고 그들의귀풍도 차차알어는젓스나 아직 할일이손에잡히지안은판게상 나는 일뎡한숙소도업시 박군과김군에게 번차례로 폐를세칠섄이엿다。

「카뻬·우스리—」——안뎡치못한 이며츨동안 자조출입하게된것은 이 부두갓가히외롭게서잇는「카뻬·우스리—」엿다。저녁부터 자옥한안개속에 붉은불을 희미하게던지고잇는「카뻬·우스리—」—— 그곳은 온전히 로동자들의 오아시스엿다。모보돌이짜스를추고 롬펜들이 호장된귀염을 토하는곳이아니요 그야말로 쪽바른의미에서의 로동자의 안식처이엿다。마드로스파입에서피여올으는 담배연긔속에서리온 이나라의제일큰공로자의 초상밋헤는 유쾌한로동자의우숨이잇고 건강한선원들의 홍이잇섯다。하로의로동을맛치고 진 항해를맛치고 동모들과「카뻬·우스리ㅣ」를차저오는것은 곳 그들의깃붐의 하나인듯도하얏다。그것은 물론 순진한로동자숩에서만 우러나오는 이집의 유쾌하고 건강한긔분을 사랑하야서지만 솔직하게말한다면 보담더 카페주인의딸되는 사ㅣ샤의매력에 끌녀서라고할가。늙은아버지의타는 수풍금에마처 세타를뜻는사ㅣ샤。랑々한목소래로 스라브의 민요를 노래하는사ㅣ샤。손님숩을 유쾌히도라치는사ㅣ샤。그의한마듸 한동작이 다 말할수업시귀여운 사ㅣ샤엿다。스라브독특한 아름다운살결。능금가티신선한 용모。북국의하날가티맑은눈。어글어글한몸맵시。풍부한육톄。——북국의헤렌이다 손가락하나대지말고 신선한향긔그대로 맑은자태그대로를 하로면종일 바라보고도십고 가지채곱게석거 향긔채 꼿송이채 한입에넛코 잘강잘강씹어버리고도십혼 아름다운꼿이다。

상륙당시 내가 이카페에 자조출입하게된것도 실상인즉 사ㅣ샤의매력에 끌닌까닭이엿다。붉은수건으로머리를싸고 세타에마처서 순박한민요를읇흘때의사ㅣ샤한번보고 두번봄을따라 넓은세상에는 그와가튼존재는 다시업스리라고까지 생각되엿다。사ㅣ샤! 세상에둘도업는사ㅣ샤! 가련한우숨을띄우고 랑々한목소래로「야 류뿌류— 빼—스」하면서 품에와서넘싯안진다면 그순간에죽어도 이세상에낫든보람이잇겟다고 평소의나답지안은 이러한 당치안은생각에 나종에는센티멘탈하게까지되엇다。 일이만코 짐이무거운몸에 이러한헛된생각과 사치한욕심에 마음을괴롭게할처지가아니라고 스스로꾸지저보앗스나 사람으로서의 이 영원한감정만은 엇지할수업섯다。

「우스리—」를차준지 사흘되는밤이엿다。

육중한긔중긔와 창고와 긔선의허리가 안개속에몽롱한 밤부두에는「우스리—」의창에서흘으는 향긔로운불빗을향하야 선원들의검은그림자가 하나식둘식 모혀들기시작하얏다。

김군과 박군과 나의 세사람도 그들중에 가싸히쓸녓든것이다。

넓은카페안에는 언으듯 사람들이 그득하얏고 갑싼 마흘카의푸른연긔가 방안에자욱하얏다。

늙은아버지는 손님시중들기에 분주하얏고 사—샤는 한편구석소파우에걸어안저서 세라의줄을 한오리한오리 마추고잇섯다。

붉은수건으로 머리를싸고 세라의줄을은은히울니는 사ㅣ샤의 목가덕자태를볼때에 그가 낫동안에 부두에나와 바다바람을쏘여가면서 새로 닷내린배에올나 정신업시무엇을적으면서 선객들을 한사람한사람취됴하는 해상국가보안부의 녀서긔인줄야 누가 첫눈에짐작할수잇스랴。 그리고 그가멧해전에 모스코바에잇슬때에 열렬한곰사몰카의한사람으로 낫동안에는 회관에서일보고 밤에는 또한 동모들과 혁명사강의를들으러단이든 그사ㅣ샤일줄야 누가짐작하랴。혁명에 옵바와어머니를일흔 사ㅣ샤는 모스코바에서 열심으로공부하고 일보든그때에도 외로히 써러저잇는 늙은아버지를 지극히사랑하얏든씃헤 마참내 도옵을써나 동쪽항구새지 멀니 아버지를차저왓든것이다。 그리하야 녀서긔로서 밧분일을보아가면서도 아버지를위하야 그의경영하는카페를 또한 도와나가든것이다。낫에는 밧부게취도라치면서도 밤에는 수만흔로동자와 선원들을상대로 목가와깃붐에취하는 이두가지의생활을 사ㅣ샤는 가장 자유롭고양긔롭게 해나가든것이다。

사ㅣ샤는 한참이나 세라의줄을마추드니 익순한기술로 마줄카의한곡됴를 뜻기시작하얏다。

우리세사람은 한편구석탁자를차제하고 유쾌한홍에잠기면서 사ー샤의세라소래에 귀를기우렷다。

잡담파우슴에 요란하든사람들도 그음됴에취한듯이 방안은고요하얏다。힘파삽의로동올맛친뒤에 고요한마즐카의한곡됴는 사실 한목음의청량제일것이다。방안은 이 고요한맛에 취한듯하얏다。그러나 나는 은온한음됴보다도 능난히놀니는그의손맵시보다도 더만히 어엽분사ー샤의용모에 정신이쏠녓섯다。

한곡됴가긋치자 박수하는소래가 과도가티니러나고 치하의소래가 물퍼붓듯쏘다젓다。

「사ー샤!」

「푸라보…」

이 물끌틋하는 환조의사이에서 선원인듯한거장한 한 사나회가 문득자리를니러서드니 무엇이라고 놉게외치면서 사ー샤의압흐로걸어갓다。

「크라씨ー빠야 쎄ー보슈카!」

만면에우슴올씌우고 이러케외치드니 그는 닷자곳자로 사ー샤를번적들어 탁자우에올녀세웟다。 사람들은 의아하야서 그의거동을 잠잣고보고만잇섯다。 사—샤역시 영문을몰으나 그러나 그는 여전히 양긔로운우슴을씌우면서 세라를한손에든채 탁자우에 서슴지안코올나섯다。

사나희는 또 소래놉히 외첫다。

「아욱숀늬 롤기」

「!」

「?」

「아나 파쎄루—이」

당돌한 그사나희의거동에 의하하고잇든사람들은 그의외치는이한마듸에 깃버하고 소래치고 박수하면서 찬동의뜻을표하얏다。

「하라쇼!」

「푸라보!」

그러나 나는생각할수업섯다。 그리고 그들의작란에는 놀나지안을수업섯다。 키쓰를경매하다니! 나의은근히생각하야오든 사—샤의키쓰를! 생각할수업섯다。

허락할수업섯다。 나의가삼은 알수업시썰넛다。

그러나 사ㅣ샤의얼골을 보앗슬때에는——이 순진한처녀는 그들의데의를승낙하는듯이 양괴롭게 웃고만잇섯다。 그리고 그의아버지역시 박수를하면서 동의의뜻을표하고잇섯다。

「모를백성들이다」

그들의미친작란을 리해키어려운 나는 속으로 이러케중얼거렷다。

세사람이 수군수군이약이하고잇는동안에 열광덕홍분파 환호가운데에서 경매의막은 드듸어열니고말엇다。

건장한사나희는 사ㅣ샤의엽헤선채 군중을향하야 소래첫다。

「취도 스토ㅣ야드?」

이말이씃나기가무섭게 먼 구석 한편탁자엽헤안젓든 키적은로인이 니러서면서 마드로스파입을입에서빼드니 모기소래만한목소래로 가늘게불넛다。

「아딘 루ㅣ브랴」

별안간 우슴소래가 보ㅅ살러지돗이 방안에그득히러저나왓다。 키쓰한번에 일루불이라는것이 결코 망발된갑은아니엿스나 개시로 그것을부른것이 호호한로인이엿고 또 그의태도가 하도우수운쌔닭에 모다들 터지는우슴을 금할수업섯든것이다。

「오—첸 묘쉐보!」

무참하야서 자리에되로주저안는로인을보고 사나희는 이러케말하고 다시「취토 스토—야트!」를불으니 시세는 차차올나가기시작하얏다。

「드바 루—브랴」

「트리 루—브랴」

「과티 루—브랴」

오루불싸지올으드니 시세는 더오르지안코 잠간머물넛다。

건장한사나희는「과티」「과티」를련발하면서 사람숩을 휘돌아보앗스나 거긔에는 침묵이잇슬쌘이요 갑을더올니는사람은업섯다。

그러자 한참이나잇다가

「데—과샤티!」

하고 한편구석에서 벌덕니러서는 사나희가잇섯스니 그것이 곳 나엿다。

처음에는 그들의당돌한행동에 자못놀낫스나 차차그들의무자긔한태도와 사—샤의유쾌한자태를 봄을짜라 나도 그속에한목세여 아름다운사—샤의한송이의사랑을어더볼가하고 알마즌째를 기다려오든터이엿다。

십루불이 결코 만흔돈은아니다。그러나 그것으로 사—샤의 아름다운입술을 살수가잇다면 그것은 얼마나 귀중한십루불이며 영광스런십루불일것인가! 홍분된나는 이런생각을하면서 탁자엽헤니러서서 사—샤를바라보앗다。

사—샤역시 나를뚝바로바라보앗다。징그시 이쪽을바라보는 뭇짓한웅시속에는 그무슨 깁흔의미가잇다——고 적어도 나는생각하얏다。사흘이나 이곳을차저온만큼 그는 나의존재도 임의짐작하얏슬것이다。그의웅시에는 차차 미소가써올낫다。미소를씌운그를 이러케정면으로대하니 그는 얼마나 더 아름다운가 아름다운그의입술이 십루불에……단 생각에취하면서 나는 나에게솔녀잇는 수만흔시선을무시하면서 정신업시 사—샤를바라보앗다。

그러나 이 단 생각도 중턱에서쓴어저바리고야말엇다。

「드바쌰티!」

엄청나게 큰소래로부르지즈면서 나의엽탁자에안젓든 늠늠한 한사나희가 나의흥정을가로챗기때문이다。그리고 그가 뭇사람의시선과 사ー샤의시선을 독점하엿기때문이엿다。

그러나 이역시 쏘 다른사람에게가로채어버리고 시세는 쏘다시 차차 폭등하기시작하얏다。

「트리쌰티」

「소ー로크」

「콰티데샤티」

처음에는 일루불식올으든것이 이제와서는 십루불식올나갓다。그리고 한사람이 봉을써 노으면 웬일인지 그것이 가속도덕으로 급속하게올나갓다。올나갈때마다나의속은죄이고 썰니고 홍분되여갓든것이다。

「쉐스티데샤티」

「쎔데샤티」

「부셈데샤티」

드듸여 팔십루볼싸지올나갓다。 키쓰한번에 팔십루볼 그것을 아름다운사ㆍ|ㆍ샤ㆍ와 달어볼때에는 별로 무거운것이아니지만 넉넉지못한 로동자나 선원들의처지와 달어볼때에는 팔십루불은 곳 저울대가휘리만치 무거운돈일것이다。 사ㆍ|ㆍ샤ㆍ의아름다운자태를 눈압헤노코도 시세가 이 팔십루불싸지와서는 그대로침체하야버리고 더올나갈형세를 보이지안은것도 그째문일것이다。

이 팔십루불을불은사나희는 몸이부대한것이라든지 해군모를엇비슥하게쓴품이 틀님업는 선장격의 사나희엿다。 그는 그가불은가격에 십분의만족과자신을가지고 자랑스럽게 주위를휘둘아보앗다。 그리고 그를좃출랴는사람이업슴을쌔달엇슬째에 그는 유々히자리를니려서서 사ㆍ|ㆍ샤ㆍ에게로 갈려하얏다。

처음에는 무자긔하게 작란으로시작한것이 일이차차 이러케참스럽게되고 나종에는 한사나희가 그것도 그다지마음먹지안은사나희가 자긔압흐로 서슴지안코달녀듬을볼째에 사ㆍ|ㆍ샤ㆍ는 적지아니실망한듯하얏다。

드듸여 그는 군중을도라보면서 허소하는듯이 두손을들엇다。 그러는지음에세

타줄에걸녀선지 그의치마가 놉히들니며 양말속에향긔로운 하ㅣ얀두다리가 무릅우에까지들어낫다。샛밝안드로스미트로 기름지게드러난 백설가튼감가이 던긔불올바더 눈이부시게 현란하얏다。

「데바노ㅣ스토」

이 우연히드러난 현란한관능의공인지는몰으나 잠시 중단되엿든시세는 별안간 팔십루불을차버리고 구십루불로올낫다。

구십루불을불은사나희는 역시 모자를엇비슥하게쓴 젊은나사희엿다。그는 늠히니러서서 백분의자신을가지고 주위를휘도라보앗다。그러나 발서 더불올만한사람은 보이지안엇다。이분이지나고 삼분이지나고 오분이지낫다。그러나 이시세를돌파할 새시세는나오지안엇다。구십루불이 최후의결뎡덕긔록인듯하얏다。젊은나사희는 최대의자신을가지고 한거름두거름 사ㅣ샤의압흐로 걸어갓다。한거름 두거름……나는 참을수업섯다。사ㅣ샤의사랑이 결국 이사나희의것이된단말인가하고 생각할때에 나는모욕이나바든듯하얏다。안된다。안된다。그럴수업다。사ㅣ샤가 사ㅣ샤가……나는 부지중에 벌덕자리를니러섯다。그리고 어느

결엔지도모르게

「스토!」

하고 정신업시 백루불을불너버렷다。 물론 아모분별도 주책도업시엿다。 다만 머리속에잇는것은 사ー샤를생겨서는 안되겟다는생각뿐이엿다。

박군파김군은 의아하야 나를 똑바로바라보앗고 뭇사람의시선 역시 일제히 나에게로쏠녓다。 나를 정면으로옹시하는 사ー샤의얼골에는 말할수업시 요조한 미소가 떠올나잇섯다。 그리고 그미소가온데에는 처음에내가「데ー샤티!」를불넛슬때에 보여준그것이상 몃몃배의 깁흔의미와 호의의표정이 떠올나잇는것은 속일수업는 사실이엿다。 그의눈은 나를 불으는듯도하지안엇든가。

사ー샤의엽헤섯든 전장한사나희는 군중을향하야「스토!」「스토!」를련호하얏스나 그이상올니는사람도 올닐만한사람도 보이지는안엇다。

사ー샤는 결국 내차제엿다。 나는 당당히 자리를나서서 한거름두거름 사ー샤에게로 발을옴겨노앗다。

사ー샤역시 반기는낫으로 두팔을내밀면서 나에게로 갓가히달녀왓다。

결국 나는 사ー샤의손을잡고 그역시 말업시 나의손을든든히잡엇다。그의맑온눈 거룩한미소 든々한파악——이 모든 그의무언의자태가 그실 나의삶수고잇든「야 류ー뿌류ー 빼ー스」를 한마듸한마듸 또렷또렷이 속살겻다。나는 삶이나아닌가하얏다。삶이아니고는 이러케씀직한행복이 나에게 굴어떠러질리만무할것이다。세상에도아름다운 사ー샤——히랍의「헤렌」인들 애란의「데아드라」인들 엇지 사ー샤에게 미칠수잇섯슬가——해를비웃고 달을비웃을 사ー샤！（동모여 나의 이때의 이 감상을허락하라）그는 나의생애에 처음으로 나타낫고 또 마즈막으로나타난 유일의 사람인듯하얏다。

황홀과 행복감에 홍분된나는 몽롱한의식가온데에서도 감사의눈으로 사ー샤를똑바로대하면서 손을옴겨 그의팔을붓들엇다。

별안간 나의팔을 꽉잡고 사ー샤와 나의사이를 가로막는것이잇스니 그것은곳 처음부터 사ー샤의엽헤서잇든 전장한사나회엿다。

그는 사ー샤를 나에게서떼더니 자긔엽헤세워놋코

「드베스티！」

하고 부르짓드니 주머니속에서 이백루불의지폐뭉치를집어냇다。

처음에 경매를뎨의한것이 이사나회엿든것을보고 이제 또 이 그의행동을보매 그가처음부터 사ー샤에게 마음을둔것이확실하얏다。시세가올을대로올나 그 이상더올으지못할 그형세를살펴서 그보다놉흔시세로 사ー샤를손에넛켓다는것이 이사나회의 처음부터의 계획이엿든것이 틀님업섯다。

나는 말할수업시 흥분되고 당혹하얏다。

사ー샤의표정역시 적지아니 혼란되여잇슴을보앗슬때에 나는 정신업시 부르지젓다。

「트리스라!」

삼백루불이 나의주머니속에 잇고업고는 문뎨가아니엿다。나는 아모분별도업시 당혹한가온데에서 그저 이러케불넛든것이다。

「쳬트레스티!」

그사나회역시 나에게지지안을만한 놉흔소래로 이러케부르지즈면서 또 이백루불의지폐뭉치를 주머니속에서집어내서 합 사백루불의지폐를 두손에갈나쥐엿다。

이러케되면 죽든살든 필사덕이엿다。

「퍄티소ㅡ틔!」

나는 백루불을 더올넛다。

이때까지 늠늠하든그사나희는 여긔서는 적지안은당혹의빗을나타냇다。눈을둥그라케뜨고 불안과의혹의표정으로 나를 똑바로바라보드니 손등으로입울싯고엇던 결의의빗을보이면서 예라마즈막이다하는듯이 최후의분발을하얏다。

「쉐스틔소ㅡ틔!」

주머니속을 뚝뚝글거모아 합 육백루불을 탁자우에던지드니 입맛이쓴듯이그는맥업시 의자에주저안저서 나의입만처다보앗다。

이것이 마즈막이로구나 하고깨달엇스나 나는 더올녀야조흘지 안올녀야조흘지 반은광태에빠진 나의의식은 몽롱할뿐이엿다。

사ㅡ샤의 애원하는듯한시선이 매절하는듯이 나의전신에흘넛다。나는 그시선을 배반하야버릴수업섯다。온전히 미친듯이 나는목소래를 다하야 마즈막으로

「듸샤차!!」

하고 외치고는 의식을일코 그자리에쓸어저버렷든것이다。나의입만바라보고안젓든 그사나희가 실망한듯이 탁자우의지페뭉치를 되로 주섬주섬주머니속에넛코 아지못할우슴을 커다케우스면서 군중숩에서사라진것과 그뒤에 파도가튼박수와환조가 군중사이에서 니러난것과 그리고 영문몰올「신세게」의노래가집을돌어갈듯이 놉게울닌것이 어렴풋이 짐작될뿐이요 그뒤스일은 도모지 의식박재일이엿다。

어느맘때는되엿는지 새로의식을회복하얏슬때 나는 그카페안의 넓은소파우에누어잇섯다。

요란하든손님들은 다가버리고 밤깁흔카페안은 고요하얏다。

나의새나기를기다리기에 지첫는지 박군과김군은 전넌편탁자우에 두팔로머리를파인채 잠들어잇고 나의엽헤는 사ー샤가 꿀어안저잇섯다。

내가 눈을방긋셧슬때에 거긔에는 두팔을소파에걸치고 끈하지도안은지 징그시 나를바라보고잇는 사ー샤의시선이잇섯다。그는 그때싸지 나를직히고잇섯든것이다。 나의엽헤쏠어안저 나의쌔나기를 기다리고잇섯든것이다。

나는 그의키쓰를살랴고 모든대덕을물니치고 천루불을불넛다。 그러나물론 나의수중에 천루불이라는큰돈이 잇는것은아니엿다。 천루불은커녕 백루불도 아니 단십루불도 업섯든것이다。 몸을전부팔어도 단십루불이안될내가 대담하게도 천루불이란갑을 부친것은 온전히 광태속에서엿다。 사ㅣ샤를쌕겨서는 안되겟다는 열중된광태속에서엿다。 그러나 이제이러케 새정신으로 실상 그를대하얏슬째에는 그에대한미안한생각과 붓그러운마음을 금할수업섯다。 무슨주제에천루불의 섬직한대금을불으고 그를이러케 붓드러두엇든가。

사ㅣ샤를생각하든열정도 간곳업고 다만 싹업시붓그럽기만한나는 말업시 소쌰에서니러나서 동모를새워가지고 이집을나갈작정으로 자리를니러섯다。

그러나 나의표정을일일히바라보고잇든 사ㅣ샤는 벌덕니러나면서 나를붓드럿다。

「늬에트! 늬에트!」

다시 나를 소쌰우에안치고 그역시 나의압헤 밧삭다가안드니 두팔을 나의억개우에걸엇다。

나는 그의 이행동을 리해하기어려웟다。

그러든차에 다음과가튼 련련한 그의한마듸는 나를 이를데업시 혼란케하얏다。

「야 류뿌류― 카레이스쿠!」

「………?」

나는 잠시멍멍하얏다。 그러나 그것은 어처구니가업서서가아니라 너무도큰깃븜에놀라서엇다。 그는 그의입으로 틀님업시「야 류뿌류― 카레이스쿠!」를련련히부르지젓다。

모든것은 명백하얏다。 내가 사―샤를생각하얏든것가티 그역시 처음부터 나를 생각하얏든것이다。 그는 아무러한 인종뎍편견도 가지지아니하고 조선사람인나를 사랑하얏든것이다。

나는 깃부고말고 정신이업시 조왓다。

만면의우슴을띄우고 두팔로 그의억개를든든히잡엇슬때에 거긔에는 모든것을허락하는 사ー샤가잇섯다。 향긔로운용모가 애원하는듯한가련한눈초리가 방긋열닌입술이——황홀한사랑이 나를기리고잇섯든것이다。——

이러케하야 나는 아름다운사ー샤의 키쓰와사랑을삿네。——아니 어덧네。 그리고 지금역시 밧고잇네。 그나 내가 낫에는밧부게일하고 밤에 다시「우스리ー」에서맛날때에는 사랑파안식이잇다네。 이제는발서「우스리ー」에모이는사람들가온데에는 누구한사람 그의키쓰를 경매할랴고하는사람은 업다네。

경매라니말이지 처녀의키쓰를 경매한다면 퍽 옴란하고 야비하게들닐것일세。 그러나 알고보면 그것이 이곳에서는 극히 건강하고 허물업는작란에지나지못하네。 퇴폐덕 비열한행동인줄알엇든것이 실상인즉 단순하고 무자긔한노름에지나지못함을 나는깨달엇네。 여긔에 또한 스라브다운긔풍이 나라나잇스니 이곳이아니면 도저히 보기어려운 작란일것일세。

R군!

내가 지금 이런 쓸데업는이약이를 이러케길게써보낼 처지는아니로되 낫몰으든

ᄯᅡᆼ에 처음으로 상륙하자마자 우연히격근 나의사생활의 닛지못할한장의이야이인만콤 큼직한스라연의풍모의 일단도소개할겸 허물업는군에게만은 기탄업시말하고십헛든것일세。 그런줄알고 너그럽게용서하게。

요다음에는 무게잇는 조혼소식 만히들녀줌세。 내내 군파 여러동지의 건투를빌고 이만긋치네。

出版豫告

『無産派作家小說集』 李箕永、兪鎭午、宋影、嚴興燮、其他諸氏

『프로레타리아藝術運動評論集』 朴英熙、金基鎭、林和、權煥、尹基鼎、其他諸氏

『프로레타리아演劇映畵運動入門』 金幽影

『革命과新戀愛觀』 黃鐵巖

『프로레타리아經濟學初步』 同志社編

『프로레타리아트의政治的任務』 同志社編

其他勞働者農民運動에關한판프렛트를貢獻的으로出版할豫定이다。同志諸君！의支持를바란다。

京城府堅志洞八〇의五

同志社

【振替口座京城一八一九三】

昭和六年五月二十九日 印刷
昭和六年六月一日 發行

定價五十錢
郵稅四錢

【露領近海】

著作兼發行者 京城府堅志洞八〇의五 黃文哲

印刷者 京城府堅志洞三二番地 金鎭浩

印刷所 京城府堅志洞三二番地 漢城圖書株式會社

發行所 京城府堅志洞八〇의五 同志社
振替口座京城一八一九三

販賣所
左翼書店
京城府堅志洞八〇의五 鷄林堂書店
咸興府大和町 核心堂書店
振替口座城一八八四一番

CLASSICO
Part of Cow & Bridge Publishing Co.
Web site : www.cafe.naver.com/sowadari
3ga-302, 6-21, 40th St., Guwolro, Namgu, Incheon, #402-848 South Korea
Telephone 0505-719-7787 Facsimile 0505-719-7788 Email sowadari@naver.com

露 領 近 海

李 孝 石 著

Published by Cow & Bridge Publishing Co.
First original edition published by Dongjisa, Korea
This recovering edition published by Cow & Bridge Publishing Co. Korea

초판본 노령근해 1931년 동지사 오리지널 디자인(복원본)

지은이 이효석 | **디자인** Edward Evans Graphic Centre
1판 1쇄 2016년 7월 5일 | **발행인** 김동근 | **발행처** 도서출판 소와다리
주소 인천시 남구 구월로 40번길 6-21 제302호
대표전화 0505-719-7787 | **팩스** 0505-719-7788 | **출판등록** 제2011-000015호
이메일 sowadari@naver.com
ISBN 978-89-98046-73-6 (04810)